民國名人愛情故事

Misa、艾芙蔓　合著

Family Sky 天空數位圖書出版

目錄

Misa

目錄

Misa

目錄

艾芙蔓

目錄

艾芙蔓

跨越國籍的愛情——蔣經國與蔣方良（上）

文：Misa

尼古拉·維拉迪米洛維奇·伊利扎洛夫（俄語：Николай Владимирович Елизаров）很明顯是個俄文名字，而這個俄文名正是蔣經國在蘇聯時使用的名號。

蔣經國是蔣中正與毛福梅的獨子，出生於浙江省奉化縣，是台灣史上地位相當重要的政治人物之一，曾任中華民國第六任、第七任總統職位，對台灣民主化及憲政體制有卓越的貢獻。

不過，這樣的蔣經國對於蔣方良來說是過於耀眼的，至少在相遇時她沒有料到自己有一天會成為第一夫人，因為她認識的蔣經國那時候是「尼古拉」，一名工廠的副廠長。

蔣方良原名法伊娜·伊帕奇耶夫娜·瓦赫列娃（白俄羅斯語：Фаіна Іпацьеўна Вахрава；俄語：Фаина Ипатьевна Вахрева），是俄羅斯帝國奧爾沙（今屬白羅斯維捷布斯克州）人，而她與蔣經國相遇時，身分是一名女工。

覺得當時的太子爺與女工的身分相差太過懸殊嗎？

不，當時的蔣經國幾可算是什麼都不是，因為父親蔣中正一些決策的關係，讓蔣經國不得不登報揭發自己的父親且宣布與父親斷絕父子關係，但這並不能改變他被蘇聯認為是間諜的事實。

接下來的蔣經國處境變得很尷尬很艱難，左右不是人的感覺讓蔣經國備感無奈又無力。

但這還不是最糟的情況，因為蔣經國萬萬沒有想到自己還得踏上體驗勞工生活的日子，而蔣方良就是他在西伯利亞的勞工生活中遇到的唯一溫暖。

有人說那時候的蔣經國與蔣方良是抱團取暖同病相憐，因為一個淪落異國一個父母雙亡，同樣落魄的兩人走到一起並不讓人意外。

或許是吧，因為這麼說有其道理。

也或許不是吧，因為愛情要來通常就來了，也不會先打招呼。

總之就是緣分吧！

他們相戀了，在那個動盪不安的年代，在那個生活艱苦難熬的時刻，他們選定了彼此，跨越了國籍，也揭開了他們注定相守一生的篇章。

雖然兩人相遇時是蔣經國這一生最低潮的時期，但身邊有了蔣方良之後，蔣經國明顯不那麼抑鬱了，他們常常一起去游泳、騎單車等等，交往的歲月在此時此刻浮現了兩個字就是「美好」。

這樣的美好就該一直延續，秉持著這樣信念的他們決定結婚，一個在當地舉辦的簡單婚禮讓這兩人正式結為夫妻，而同年十二月長子蔣孝文及隔年女兒蔣孝章的出生更是把他們的幸福感推向最高點，至少對蔣方良來說是這樣的。

雖說生活條件並不優秀，甚至可說是辛苦至極，但那時候的蔣方良並不在意，對她而言有丈夫跟孩子在身邊，不管再苦她都甘之如飴。

不過這時的她還不知道，再過不久她眼中的幸福家庭生活會產生巨大的改變，因為他們……

要回中國了。

跨越國籍的愛情——蔣經國與蔣方良（下）

文：Misa

在蘇聯十二年的歲月說長不長說短不短，終於等到能回中國蔣經國是開心的，所以他帶著妻兒回了國，回到了父親的身邊，卻也等同回到了權力的中心點。

蔣經國曾回憶在蘇聯的十二個年頭，他感慨的說自己什麼樣的苦活都做過，什麼樣的苦頭都吃過，所以對失而復得的權力地位更加珍惜。

不過對於當時的蔣方良來說，雖然得離鄉背井，但能跟丈夫孩子在一起對她而言就夠了。

本就賢慧勤勞的蔣方良在跟著蔣經國回到奉化老家後，得到了長輩們的疼愛與讚許，而乖巧懂事的她也開始學習中國習俗、學當地語言，而她蔣方良這個名字就是由她婆婆毛福梅所起。

一切看似沒變，只是多了幾個親人，但事實是這樣嗎？

深愛丈夫的蔣方良沒有多久就發現，其實很多事都改變了。

在1938年以後，蔣方良發現自己很少能見到忙碌的丈夫，雖說剛回國時蔣經國怕妻子住中式房屋不習慣還特意讓人為她建了一棟兩層樓高的小洋房，還為她請了老師學習語言，疼愛妻子的心看來依舊，但情況還是悄悄的改變了。

起因是蔣經國離開了老家到江西去工作，但蔣方良跟孩子們被留下了，而有件事就在此時開始默默醞釀，但她卻渾然不知，甚至後來帶孩子到了江西，她也選擇跟在丈夫老家一樣深居簡出，而事情也就在她不知情的情況下過去了。

總之蔣經國選擇回歸了家庭，蔣方良也陸續生下第三及第四個孩子，一切看來似乎又恢復如初，不過顯然並不是這樣的。

有一就有二，有二就有三，在蔣經國一生中被傳的風流韻事並不少，廣為人知的大抵有三，姑且不細談這個部分，但至此蔣經國與蔣方良之間某些事已經改變卻是事實。

其實初到台灣時，蔣方良還是感覺很幸福的，那時候她與蔣經國兩個小兒子都還很小，一家六口在官邸和樂融融。

蔣經國非常疼愛孩子，回家後時常陪孩子玩或說笑話逗她笑，有很多瞬間蔣方良都有一種回到多年前在蘇聯時的錯覺。

不過其實他們兩人都心知肚明，很多事早就回不去了，但夫妻就是夫妻，即便發生過很多事，但他們兩人到蔣經國逝世為止，互動一向不錯，甚至還因為過度良好又俏皮的互動在某些人心裡留下深刻的印象。

會用「某些人」這個詞是因為蔣方良非常低調，本性其實熱情又活潑的她在嫁給蔣經國之後，性格有了很大的改變，甚至到最後被稱為「最沉默的第一夫人」，所以說實話，能同時見到這對夫妻一起出現的機會並不多，尤其在蔣經國當總統後就更少了。

這兩人的愛情旅程從蘇聯開始至蔣經國在台灣逝世結束，很難得的是他們走到了最後。

蔣方良仍是蔣經國唯一的妻子，這段跨國籍的愛情有始有終，彼此的配偶欄未曾改變，或許就是他們給彼此這段愛情下的最好註解。

童話與現實——張學良與趙四小姐（上）

文：Misa

有人說張學良與趙四小姐的愛情是童話故事，尤其是一片癡心的趙四小姐根本就是瓊瑤劇裡的女主角，為了愛可以不顧一切，就像飛蛾撲火般，為張學良點亮他的生命直到她自己的生命到達最後一刻。

基本上趙四小姐的癡心是無庸置疑的，但是這段著名的愛情故事在追根究柢後可以發現，這並不是一個美好的童話故事。

張學良是公認的民國四大美男子之一，且除了外表英俊外，他還擁有顯赫的家世背景，畢竟他老爹是東北王張作霖，這個許多人都很熟悉的人物。

所以張學良有本錢花心也有本事風流，若是套句現代的用詞來形容他，那麼「霸道總裁」這種常在言情小說裡看到的人設就相當適合他，而與許多小說裡不一樣的是，張學良對愛情這方面的心態一直是不專一的，而且很不幸的是這樣的心態他用了自己一生去詮釋，且演的絲絲入扣。

不過很顯然當年的趙四小姐並沒有意會到自己未來會因為張學良變成什麼模樣。

趙四小姐本名「趙一荻」，出生於官宦世家，父親趙慶華在北洋政府曾任交通部次長，而趙一荻因為在家排行老四所以人稱「趙四小姐」。

而趙四小姐與張學良相遇時才十六歲，在天津一次舞會上她見到了民初四大公子之一的少帥張學良，這一見讓本來僅是來湊湊熱鬧的趙四小姐當場淪陷，卻不知道在她眼中風度翩翩的男人其實只是很慣性的在施展他獵豔的技能而已。

總之趙四小姐陷入了情網，張學良的出現讓她覺得自己就該跟這樣的男人過日子，對於家裡原本安排好的親事更是排斥至極，最後更是在她六哥的幫助下逃家，就這樣孑然一身來到張學良身邊。

那麼張學良就這樣接受這位出逃小姐來投奔自己嗎？

是的，但是張少帥當初本來打算接受多久不得而知，因為他其實沒有太注意趙四小姐這番出走是否已經是完全無後路可退的狀態，而他的元配于鳳至也沒打算接納趙四，所以趙四只能暫時擔任張學良的秘書。

但趙四小姐因此心灰意冷了嗎？

不，她沒有，她不僅很感激于鳳至願意讓她留在張學良身邊，甚至對于鳳至這個檯面上的情敵沒有一絲敵意，反而非常尊敬于鳳至。

對趙四小姐來說，離開親人甚至與家中斷絕關係她都不在乎，她只想留在張學良身邊，僅此而已。

至此，趙四小姐得以留在張學良身邊這件事算是大抵塵埃落定，當然其實當時很多人都心裡有數，也算是等著看戲吃瓜，想看這位癡情小女子能被風流的張學良留在身邊多久。

然而事實證明，計畫趕不上變化果真是千古名言，因為雖然發動西安事變是在張學良計畫中，但後來被囚禁就是讓他始料未及的事了，而且他也沒有料到，自己被這一關就是半個多世紀。

童話與現實——張學良與趙四小姐（下）

文：Misa

「西安事變」是張學良人生歷程一個很重要的分水嶺，當然對趙四小姐來說也是，因為在西安事變後張學良得到的結果，讓他們兩人被緊緊鎖在了一起。

張學良被囚禁的前幾年其實不是趙四小姐陪伴在旁的，而是他的元配于鳳至，這是因為一來于鳳至的身分比較合理，二來趙四小姐得照顧年幼的孩子，這個情況一直到于鳳至到美國為張學良能獲釋四處奔走後，陪伴張學良的任務才落到趙四小姐身上。

張愛玲的《傾城之戀》中有這麼一段話，說「戰爭，摧毀了一座城市，也成就了一段刻骨銘心的愛情」，這段話顯然很適合套用在趙四小姐身上，但不包括張學良。

因為政治方面各種因素影響之下，張學良的囚禁之地不斷更換，但陪在她身邊之人一直是趙四小姐，但即便是癡情如趙四小姐，也沒有得到張學良全部的愛，這個男人的心一直是野的，不管自哪種狀態下都一樣。

趙四小姐正式擁有名份是她陪伴張學良三十幾年後才得到的，而張學良會娶趙四小姐有一半還是因為蔣夫人的關係，這是他親口所言。

那麼對於自己愛了一輩子的男人是這種心態，趙四小姐是知情的嗎？是，她是明白的，她甚至曾對張學良說：「如果不是西安事變，我們早完了，你這亂七八糟的事情，我也受不了」。

可見趙四小姐心裡是清楚的，清楚自己深愛的這個男人只是因為被囚禁才看似對自己忠誠，但這個男人的內心仍是當年那位少帥，風流不羈且不為哪朵花停留。

認真來說，趙四小姐是用超過半世紀的照護換得了張學良這些時日的忠誠，但就僅是如此，兩人的愛一直都不對等，這個情況由始至終沒有改變過。

張學良這一生光是檯面上的情人就有十多個，即便是與趙四小姐相伴許多年，他對趙四的感情基本上還是感恩多於愛情，而這件事可以在他晚年的談話說得到證明。

于鳳至是一位最好的夫人，趙四是最能共患難的妻子，而貝太太是最可愛的一個女友，但是我的最愛在紐約。

這是張學良親口說的話，也說明了即便娶了趙四，他的最愛仍不是她，要不他也不會在她 80 歲生日時在美國與女友卿卿我我，甚至趙四前往勸他歸國還被趕了回來。

但趙四就此心灰意冷了嗎？

不，她還是沒有，即使白髮蒼蒼她依然是當年那位為愛奮不顧身的女人，即使到生命最後一刻，她依然溫柔看著眼前心愛的男人，握著他的手，卻始終沒有開口討一句「我要走了，能真心說句愛我嗎」這樣的話，而張學良也沒有對她多說什麼，幾乎是沉默著送她離開。

或許張學良是難過的，但幾乎可以肯定不是因為太愛趙四而難過，而趙四小姐窮盡一生釋放自己的光與熱來照亮心愛男人的人生，這樣豐沛的情感如今看來也只是催眠了她自己及感動了其他人。

這就是童話背後的現實，這就是張學良與趙四。

唯一是愛情——徐志摩（上）

文：Misa

「輕輕的我走了，正如我輕輕的來……」

看到這樣的詩句大抵有些人就會想起「徐志摩」三個字，而這位人生以愛情為主的大詩人，的確給後人留下了很精彩的作品與故事。

徐志摩的人生有三個很著名的女子，分別是張幼儀、林徽音、陸小曼，這三個女子分列在徐志摩不同的人生時期，而其中有時期顯然是重疊的。

不過重疊重要嗎？

顯然不，因為對徐志摩而言，自己想要的愛情才是最重要的。

首先要提到的是張幼儀，這位女子是徐志摩的父母給他安排的對象，而他也沒有抗拒就娶了，不過很快就發現這個女人不適合自己，因為她太俗氣了，根本就是個土包子。

但其實嚴格來說張幼儀並沒有如此不堪，她沒有纏足，念過書，並沒有那般俗氣難耐，這一切只是徐志摩擅自下的定論，說來如果張幼儀真如徐志摩所言，那麼人家後來又如何當上上海女子商業銀行副總裁呢？

然而不幸的是，因為徐志摩完全不願意去了解自己眼中這位土包子太太，而張幼儀又因為家中灌輸的傳統教育觀念，導致這對夫妻逐漸走向悲劇，而導火線就是相當知名的「林徽因」。

林徽因是一個很有才氣又很有靈性的才女，而這樣的她讓徐志摩陷入癡迷，開始對她展開追求，心裡只有「想得到林徽因」這個念頭，其他什麼事對他而言都不重要，當然懷著孕的妻子也是。

對於徐志摩的追求，林徽因自然是有感的，徐志摩的才情和執著讓林徽音願意與之來往，而這樣的情況就讓徐志摩完全失去了理智。

據說，林徽因是徐志摩這個時間寫詩的靈感與動力，這個一身靈氣的女子吸引了他所有目光與靈魂，而他這個時期許多創作也堪稱是寫給她的情詩。

對徐志摩而言，愛情是生命的全部，如果繼續讓他與張幼儀這般的土包子一起生活，他相信自己終有一天會在這個無趣的海洋中溺斃，但倘若可以和林徽因在一起，那麼他的生活一定會有天翻地覆的變化，一定會如他想要般絢爛精彩。

就是這樣的念頭讓他開始想不顧一切讓張幼儀離開自己，所以他跟張幼儀提出離婚，決心追求自己的愛情自由，也代表自己不受陳腐的中國文化束縛，勇於當先驅者。

他要離婚，且越快越好，不管受到什麼阻撓他都不會退縮，這個名為「林徽因」的女子他是勢在必得，而這樣的女子一定不會願意跟他人分享丈夫，所以他必須離婚，只有離婚才能得到林徽因，只有離婚他才能跟林徽因相伴一生。

所以他開口跟張幼儀提了離婚，不管對方一臉震驚，一向以冷暴力對待自己眼中與自己不般配妻子的他，為了離婚也不會客氣。

誰都不能阻礙他與林徽因，徐志摩的眼神在此時很堅定，但他不會知道，之後事情會往他完全沒料到的方向發展。

唯一是愛情——徐志摩（下）

文：Misa

婚不是不能離，只是離了又如何？

徐志摩終究沒有得到自己想要的，因為林徽因覺得他太浪漫，浪漫到很不切實際，所以她終究沒有嫁給他，選擇了梁啟超的兒子梁思成。

這件事給徐志摩很大的打擊，因為林徽因影響了他很多，而他的作品裡也出現過很多因為林徽因才迸發的佳句或者說是情詩。

「我是天空裡的一片雲，偶爾投影在你的波心。你不必訝異，更無須歡喜，在轉瞬間消滅了蹤影」。

「悄悄的我走了，正如我悄悄的來。我揮揮衣袖，不帶走一片雲彩」。

如這般被稱為徐志摩名句的創作，聽聞都是徐志摩寫給林徽因的詩詞，但很明顯寫再多也沒用，林徽因終究沒有屬於他，只是留了個遺憾在他心中而已。

不過愛情至上的詩人不會就此頹喪失志，而「陸小曼」的出現無疑對愛是唯一的詩人是個救贖。

友的妻子。

陸小曼才貌雙全，交際手段高超，但和徐志摩相遇時，她是徐志摩好

可這種事能抵擋徐志摩對愛情的渴望嗎？

當然不能，尤其是在好友因為工作而拜託他多多關照陸小曼時，他就發現這個好似連骨子裡都喜歡浪漫的女人跟自己真是無比匹配。

雖然說，這時候被林徽音甩掉的徐志摩正跟前妻張幼儀藕斷絲連，但當他發現自己愛上陸小曼後，他又毅然決然放掉了張幼儀，決定要橫刀奪愛，而這一次在好友憤怒的成全下，他成功了，成功和自己想要的女人在一起了。

「我將於茫茫人海中，尋訪我唯一之靈魂伴侶，得之，我幸；不得，我命」。

這是徐志摩在梁啟超質疑自己的感情觀時，他回覆的一段話，也成為了他的名言，單看這樣的句子會覺得這個人對愛情真是太詩情畫意太有感

情也太執著了，令人感動至極，但這是對句子領悟後的感性，而不是對徐志摩這個人追求愛情如此任性的讚美。

總之，在梁啟超的證婚下，徐志摩與陸小曼結婚了，這對呈現自我都相當任性的男女，能從此幸福美滿嗎？

一開始這對氣味相投的夫妻真的很相愛，而這也影響了徐志摩這段時期寫的作品，在創作時投入的感情比起林徽音時期簡直是有過之而無不及，最後甚至出版了《愛眉小札》，書中濃烈甜膩的文字，讓很多情侶於情在濃時都會拿來當成訴情的情話。

不過幸福恩愛也就是一陣子，後來陸小曼的揮霍無度讓徐志摩幾乎難以負荷，這也是為什麼後來徐志摩會選擇搭乘貨機前往北京。

為了省錢，所以為了到北京參加林徽音聚會的徐志摩搭乘了貨機，但沒有人料到這架貨機會失事撞山，一代愛情詩人化為青煙飄向天際，得年三十四歲。

徐志摩的英年早逝讓很多人震驚，甚至久久不能回神，對於這位一生僅視愛情是唯一，其餘不要緊的詩人來說，這樣戲劇化的離去就如同他以愛為重，也很戲劇化的人生般，震撼且燦爛，但鮮少有人願意仿效。

因為愛情太過自私且任性，其實不可取。

未離婚是民國七大奇事？——胡適（上）

文：Misa

胡適在文壇上的名氣，相信不用多說也幾乎人盡皆知。

然而撇除在文壇上的成就外，胡適的愛情故事基本上也跟他在文壇上的成就一樣精采。

「江冬秀」是胡適的元配，但當年很多人都覺得此女配不上胡適，就連胡適自己都覺得不甚適合，更別提他那時候人在國外，身邊有一紅粉知己，兩人相當契合不說，連外表都相當般配，如此一位在精神層面可以與自己相通，外表又相當合自己心意的女人，胡適本來是完全不打算放棄的。

不過胡適是個大孝子，就算本來無論如何也不打算放棄初戀情人韋蓮司，但他最後還是屈服在母親的威脅之下，乖乖回國與江冬秀結婚。

對胡適而言，這樁婚姻完全是被逼迫的，而在他人眼中，一個俊美儒雅的男人配上一個看來粗鄙又兇悍的女子，是怎麼看怎麼不合適，總覺得胡適身邊站的人不應該是像江冬秀這樣的女子。

然而，婚都結了，胡適倒也沒有再多說什麼，完婚後就立即回北京上班，而江冬秀是在一年後才到北京與他團聚，不過自此之後江冬秀就幾乎沒有離開過胡適身邊，兩人這般的情況後來就被世人稱為「胡適大名重宇宙，小腳太太亦隨之」。

其實江冬秀這個人，並不若旁人眼中那般無知粗鄙，她雖沒有滿腹才學但也沒有那般不堪，嫁給胡適是她心之嚮往，但她並不覺得自己低人一等，在胡家她就是主導者，而賢慧的她也的確把家裡打理得很好，只不過危機還是來了。

曹誠英是胡適三嫂的妹妹，也是胡適三嫂婚禮上的伴娘，按關係來說，勉強算的上是他一個小表妹，而當初在婚禮上時，曹誠英就對胡適非常有好感，只是礙於胡適已有家室，所以後來只能黯然與他人結婚。

但她這段婚姻沒有好結果，不知是她心裡一直有胡適還是其他原因，總之後來她離婚了，然後她就做了一件大膽的事。

她給胡適寫信了，請他為《安徽旅杭協會報》寫序，而一個開端讓這兩人從此開始書信來往，以字傳情情愫漸生。

結果後來，兩人在杭州同居了，你儂我儂度過了三個月，而在這期間胡適身邊的朋友也覺得，曹誠英才是站在胡適身邊的最佳人選，這一切的一切都讓胡適很動搖，「離婚」兩個字也就這樣浮現在他腦海裡。

且不光是如此，曹誠英甚至還懷了胡適的孩子，雖說這不是胡適第一個孩子，但面對與自己如此契合的女子加上她懷有身孕且旁人又加以煽動，讓胡適不得不把腦海裡「離婚」這兩個字真正說出口。

所以他對江冬秀提出了離婚，以書信告知在家中的江冬秀，說自己遇上了真愛，所以想與她分開。

然而，江冬秀的反應該說是在預期之內還是預期之外呢？

至少對胡適而言，是他始料未及的情況。

未離婚是民國七大奇事？——胡適（下）

文：Misa

一支亮幌幌的刀就這樣在胡適眼前胡亂揮舞，伴隨著江冬秀的哭聲與喊叫，說是要先把兩個孩子了斷了然後再了斷自己，這讓胡適完全傻了，他一個文人哪裡見過這樣的場面，當場就屈服了。

所以，他也只能辜負曹誠英了，曹誠英也只能無奈的把孩子打掉，而且聽說後來曹誠英要與他人共結連理時，江冬秀還出手破壞了。

如果此事是真，那麼可見江冬秀是非常憎恨曹誠英此女的，甚至不願意看到此女有一個歸宿。

有人說江冬秀夠狠辣，招惹她丈夫的人她斷不會放過，也因為她的強悍讓丈夫從此不敢提離婚二字，但誰又知道其實江冬秀沒有那般冷血無情，相較於她對待曹誠英的決絕，她對待韋蓮司就相當友善，甚至還有傳言說她在丈夫死後，把韋蓮司的一張照片放入丈夫的墓中，因為她認為胡適的人生要有韋蓮司才算完整。

這是多麼奇特的一個女人，若要說她是情人眼裡容不下一顆沙子，她的確是，因為她痛恨曹誠英，但若要說她大度，她的確也是，因為她接納了韋蓮司。

不過這也有可能是因為韋蓮司對胡適的癡情讓人不得不感動，胡適這位跟他交往了約半世紀的紅顏知己，對胡適的確是一往情深，而且愛屋及烏，對胡適身邊任何一個人都相當友善，或許就是韋蓮司這樣豐沛的情感感動了江冬秀，讓她願意給韋蓮司在胡適身邊留個位置。

不過這是之後的事，當年在曹誠英事件過後，「母老虎江冬秀」與「怕太太胡適」這樣的話題就漸漸傳開了，大家都訝異於雖然原本就知道江冬秀很兇悍，但沒想到手段會如此絕辣。

可這還不打緊，重要的是胡適屈服了，被母老虎一吼後連吭都不敢吭一聲，老實說當時不少人明裡暗裡都嘲笑胡適，說他身為一個男人卻無法叫妻子順從自己。

這對以前看起來就不般配的夫妻在這之後於外人眼中看起來更不適合了，甚至有些人還認為江冬秀此人的存在根本就是在給胡適丟人，讓胡適成為某些人眼中那種不敢反抗妻子的懦弱男人，更有些好事之徒時不時會給胡適出主意，為的就是想讓胡適擺脫家裡那隻母老虎。

然而，很抱歉，胡適與江冬秀這對在他人眼中早就該離婚的夫妻並沒有離婚，他們一起廝守了40多年，而且後來兩人還合葬在一起，這是一種宣告天下他們到陰間也要繼續廝守的方式。

或許，江冬秀是不適合胡適，胡適也無法跟江冬秀在學識上有任何交流，但除此之外，江冬秀對胡適而言其實是一個好幫手，她可以讓胡適完全無後顧之憂去做自己喜歡的事，說她是賢內助一點都不過份。

要不相信胡適不會在修自家祖墳時，在碑文上寫了「兩世先瑩，於今始就。誰成其功，吾婦冬秀」，這就代表在胡適心中，這位性格強悍的太太給予他的幫助讓他銘感在心。

說來，如果讓胡適知道他與江冬秀沒離婚被當成了奇事之一，他大抵應該會笑笑不說話，然後遞上親筆書寫的男性「新三從四德」告訴眾人，尊重太太並不是一件壞事，至少他覺得不是。

理智對待愛情——林徽因（上）

文：Misa

天空的蔚藍，愛上了大地的碧綠，他們之間的微風嘆了聲：「哎！」

這首新詩聽聞是印度詩人泰戈爾到中國訪華要離開時，因為在旁隨侍是數日的徐志摩提起自己還很愛林徽因這件事，還拜託泰戈爾幫忙說話，但也陪伴了泰戈爾數日的林徽因仍舊沒有動搖後，泰戈爾算是有感而發創作的一首詩。

「林徽因」是個很特別的女性，不光是因為她才華洋溢，還有她年紀輕卻擁有不同於其他人的理智，也是因為這份理智讓她沒有選擇徐志摩，而是嫁給了原本就有婚約的梁思成。

徐志摩對林徽因的情感相當濃烈，要不也不會為了她離婚，讓自己成為民國首宗離婚案的事主。

那麼為什麼徐志摩會如此迷戀林徽因呢？

身為民國四大美女之首，林徽因的長相並不是那種美豔動人很有侵略性的，而是一種沉靜且有靈性的美，且她才華洋溢，在建築方面有非常傲人的成就，中國的國徽及人民英雄紀念碑便是她設計的。

除此之外她還是著名的作家，創作範圍也相當廣泛，舉凡詩歌、小說、散文都可看到她的筆跡，而且還被收錄為教材。

如此一位絕代佳人也難怪徐志摩會為她痴狂，心甘情願做愛情的奴隸，為她不顧一切，甚至拋棄糟糠妻連眉頭都沒皺一下。

但是這樣的徐志摩讓林徽因很有壓力，雖然與徐志摩相遇時她年紀尚輕，正是很容易會被愛情沖昏頭的年紀，但她卻沒有。

一來徐志摩那時已經結婚，二來林徽因自己也有婚約，光這兩點就讓這段注定無疾而終的相遇在首要條件上就讓林徽因心生顧忌，而且她也一直對徐志摩的痴狂有一種質疑，不知道到底他愛的是她本人林徽因，還是由他自己構築出來的靈感女神林徽因。

這一點大抵可以從林徽因後來對晚輩所說的話中可以得到佐證，她是這樣說的：「徐志摩當初愛的並不是真正的我，而是他用詩人的浪漫情緒想像出來的林徽因，而事實上我並不是那樣的人。」

也就是說，林徽因認為徐志摩將她想的太美好太完美，但人哪有十全十美的呢？

倘若兩人真走在了一起甚至結了婚，在密集的相處下濾鏡破碎，那麼事情會有怎麼樣的發展？

林徽因顯然想了很多，再加上對張幼儀心生愧疚，讓她最終還是嫁給了梁思成，因為比起浪漫不切實際，腳踏實地且與她在建築上有相同興趣的梁思成才會是她的好伴侶。

然而林徽因沒有料到，雖然無緣當夫妻但仍跟她是好友的徐志摩，會在來見自己的途中遇到空難，就此魂歸西天再不復見。

這是真的嗎？

在聽到徐志摩遇難的消息後，她顯然久久不能自己，混亂中思起，今年也不過是 1931。

理智對待愛情——林徽因（下）

文：Misa

徐志摩的死訊讓林徽因相當心碎，她甚至請求丈夫到濟南為她帶回一片飛機殘骸的碎片，就像溺水者想要抓到一塊浮木得以喘口氣般，那時的她似乎也覺得自己身邊總得有點什麼，才能留下徐志摩曾經在自己生命中刻下的痕跡。

更何況他是為見她而來，這一點讓林徽因相當介懷，好一陣子都是默默思念著這位曾經把熱情都向她傾注，完全毫無保留的男子。

不過當時間一天一天流逝，悲傷慢慢被時光的腳步踩散，心情平靜很多的林徽因又恢復往昔，而這樣的她讓梁思成感到竊喜，因為他知道妻子心裡一直都放著徐志摩，兩人也一直都保持著摯友般的交情，但身為男人總希望妻子眼中只有自己，所以梁思成心中其實有些暗喜，喜的是妻子終於能一心一意對待自己。

然而事情並不如梁思成所想像般美好，程咬金這號人物總是會在人意想不到的時候出沒，而這次借用程咬金當代名詞的人就是「金岳霖」。

金岳霖也是號人物，是著名的哲學家，跟梁思成更是好友，而他會愛上林徽因其實也不讓人意外，因為他跟梁家夫婦是鄰居，所以經常到梁家作客，而林徽因這樣的女子本就很受男性文人的喜愛，她身上獨有的氣質是她人模仿不來的，更別提她並不是花瓶而是真真切切有文學造詣，所以金岳霖就愛上她了。

至於林徽因是怎麼想的呢？

作為一個新時代女性，她很勇敢的告訴丈夫，她同時愛上了兩個人。

這一下梁思成傻了，但卻沒有生氣，也不知道是不是因為與妻子結婚前就知道她心裡有個人，結婚後也依然，所以習慣成自然？

這點不得而知，總之梁思成沒有責怪林徽因，思來想去之後他告訴林徽因，如果她認為跟金岳霖在一起可以更幸福，那麼他願意放她離開，而且會給予祝福。

然而梁思成的願意成全卻讓金岳霖頓時什麼妄想都沒了，也讓一向在這方面很理智的林徽因恢復了理智，所以直到林徽因去世為止，梁思成都是她的丈夫，一直沒有改變過。

不過雖然在事件之後這三人之間的情誼並無改變，但老實說金岳霖對林徽因的喜愛並沒有因此消退，他甚至終生未娶，視梁家的孩子為親生，與梁家的關係一直都很好。

說來，林徽因若不是一名奇女子，怎能讓男子為她如此傾心，就如梁思成所言般，他說林徽因是個很特別的人，她的才華是多方面的。不管是文學、藝術、建築乃至哲學她都有很深的修養。她能作為一個嚴謹的科學工作者，和他一起到窮鄉僻壤去調查古建築，甚至為了測量爬樑上柱，為的是做精確的分析比較；又能和徐志摩一起用英語探討英國古典文學或新詩創作。她具有哲學家的思維和高度概括事物的能力。

梁思成所言這番話可不是恭維而是事實，所以由此也可得知，為何三名男子都甘願臣服在她裙下，即便不能與她有結果，卻依然無法放棄心中珍藏的愛戀。

但林徽因一直是理智的，對待愛情她似乎都是畫地自限，自有一套準則，要不她自己心裡那關過不去。

不得已的利用——蔡鍔（上）

文：Misa

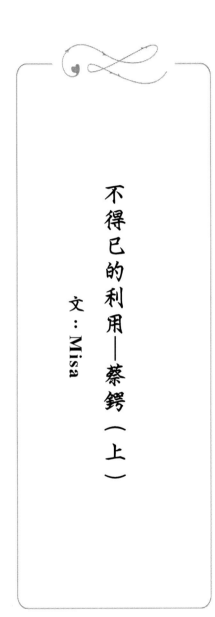

蔡鍔與小鳳仙之間的愛情故事在經過一些戲劇的演繹後變得動人又淒美無比，看過的人無不掬一把同情淚，感嘆亂世之秋相愛之人總是無法長相廝守。

但實際上真是如此嗎？

蔡鍔，湖南寶慶人（今湖南省邵陽市），是近代中國著名的政治家、軍事家、民主革命家，也是一名相當出色的軍事領袖，而他存在的年代，正是中國相當混亂的時刻。

雖然蔡鍔英年早逝，30幾歲就因疾病在日本病逝，但在他短暫的人生中仍是有三件事讓人們印象深刻。

首先第一件事是辛亥革命時期他在雲南領導了推翻清朝統治的新軍起義，第二件事是主導討伐袁世凱的護國戰爭，第三就是他與小鳳仙之間的故事。

而有趣的是，第二件事跟第三件事是有關聯的，又或者是因為有袁世凱，所以蔡鍔與小鳳仙之間才有故事傳出來。

故事的起點大約可追溯至 1912 年，那時袁世凱成為中華民國臨時大總統，但他沒有滿足，他真正想當的是皇帝，民國第一個皇帝。

不過位子要坐的安穩，袁世凱知道自己有幾個人得特別注意，其中一人就是蔡鍔。

對於蔡鍔，袁世凱是又想招攬又忌憚，以蔡鍔的才能與領導能力，如果能為自己所用，那麼就是天大的喜事，但如果蔡鍔不受教非要與自己作對，那麼就會是一個心腹大患。

袁世凱很明白蔡鍔的重要性，所以用計把蔡鍔召來，而且也沒忘了其他蔡家人，因為袁世凱很明白如果蔡鍔不從，那麼蔡家人就是很好的談判籌碼。

結果，蔡鍔果真帶著家人來到北京，只是來了之後蔡鍔才發現自己中計了，袁世凱這個人分明不安好心，而完全沒有打算要支持袁世凱復辟當皇帝的蔡鍔，開始思考自己該怎麼脫身。

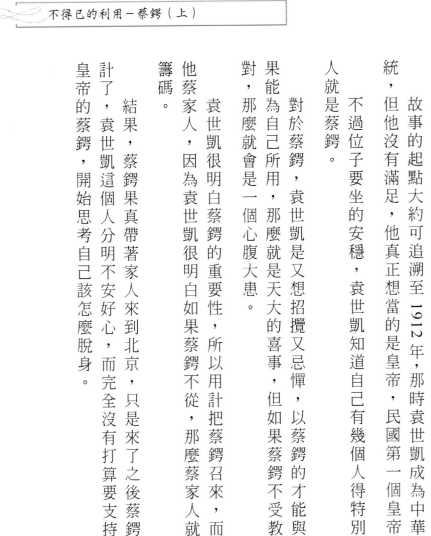

基本上一入北京城蔡鍔一家就算是被全面監視了，尤其是蔡鍔本人，不管去哪裡後頭都有幾人暗中跟著盯著，行動全面受到限制。

這樣下去不行，蔡鍔自己當然很明白，而且他不是只有帶家人逃離北京的想法，還有想制止袁世凱繼續做春秋大夢的想法，但不管是哪個想法他都必須先離開北京回雲南，因為雲南是他的地盤，才有他需要的助力，才能做他想做的事。

思來想去，蔡鍔決定演場戲，於是他開始天天去「八大胡同」喝花酒，決心要把自甘墮落及沉迷風月的角色扮演得淋漓盡致。

不過，重點來了，像這種戲碼唱獨角戲可無法贏得觀眾的掌聲，總得有人配合才行，要不很快就會露餡了。

但問題是蔡鍔那時並不知道該找誰好，因為他也擔心八大胡同裡的姑娘，會不會有些是袁世凱的人，然而就在這時有個人出現了。

她不是別人，正是小鳳仙。

不得已的利用——蔡鍔（下）

文：Misa

與蔡鍔相遇時，小鳳仙十六歲，沒讀過什麼書的她會淪落風塵全因為家境困苦父親早逝。

按理說這樣的她是不可能會跟蔡鍔有交集的，畢竟當時她也不是什麼頭牌小姐，如果蔡鍔是那種愛尋花問柳之人，以蔡鍔的身分也輪不到她伺候。

不過命運就是這麼奇妙，蔡鍔為了演戲還真是很賣力，為了更取信於人，所以他刻意沒有過度包裝自己，就把自己往花街柳巷塞，而有眼不識大人物的老鴇看他並非達官顯貴，就把他丟給小鳳仙伺候。

然而比起老鴇，小鳳仙顯然有眼光多了，她看著眼前這個英姿挺拔氣宇軒昂且目光如炬的男人，怎麼看怎麼怪，覺得他肯定非一般人，要不就是以後肯定是位大人物。

不得不說小鳳仙眼光確實好，而她也在蔡鍔談吐與舉止中得知這是一位可以說話的人，不知不覺就將自己的身世全盤托出，而蔡鍔看著聽著就發現，小鳳仙雖然身世可憐又淪落煙花之地，但她卻沒有太過怨天尤人也不自甘墮落，一個想法瞬間油然而生。

就決定是她了！

蔡鍔演戲需要幫手，而小鳳仙就是最佳人選，雖說在當時蔡鍔對小鳳仙也是有喜歡之意，但絕對不如小鳳仙對他的仰慕與喜愛之情多。

總之這場戲在蔡家人全都知情但小鳳仙及其他人都不知情的情況下上演了。

蔡鍔開始天天往小鳳仙那兒跑，甚至幾天幾夜不回家，而蔡鍔的妻子與母親也沒閒著，時機成熟就是鬧，老的往袁世凱姨太太那兒告狀，年輕的就在家鬧，鬧的人盡皆知。

這樣一連串的行動下來，還真讓袁世凱放鬆了警惕，以為蔡鍔不是自己想像中那種人物，只是隻愛泡花街柳巷的紙老虎，便放鬆了對蔡鍔的監視。

那麼，既然事已至此，那就是該撤退的時候了。

所以蔡鍔的母親與妻子先公開與蔡鍔決裂，然後帶著孩子們先行離開北京，留下的蔡鍔已沒有後顧之憂，自然也是要走的。

不過他沒打算帶小鳳仙一起走。

相處了些時日，也不能說是完全沒有感情，但礙於這算是逃命，不知是怕小鳳仙跟著自己有危險還是考慮到其他因素，總之蔡鍔與小鳳仙見的最後一面就是在車站。

對於這個幫了自己不少時日，且又掩護自己逃走的女人，蔡鍔臨走前還是給了承諾，他對小鳳仙說：「同行多有不便，將來成功之日必不相忘。」

然而，後來討袁行動成功後，蔡鍔到底有沒有找過小鳳仙？

可能有可能沒有，但老實說沒有的機率比較大，因為混亂的政局還有他的英年早逝，大抵都是讓他與小鳳仙之間這個故事沒有延續下去的原因。

說來，蔡鍔算是狠狠利用了小鳳仙，但在那個時局他也是迫於無奈萬不得已，只是對小鳳仙來說，人生中這樣一場令人難忘的相遇，可能還是足以讓她記掛一生，難以忘懷吧。

愛始於真心相待——朱自清（上）

文：Misa

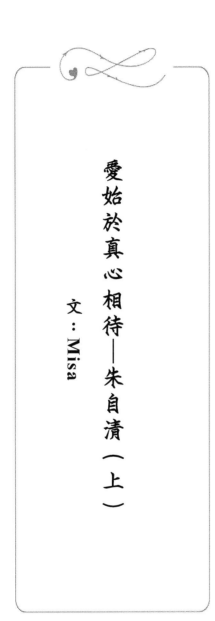

《背影》這個作品應該算是朱自清最知名的創作之一，文中看似平常卻細膩的描述，讓人無不為他出色的文筆喝采。

然而可能很多人不知道，雖然《背影》描寫的是父親，但朱自清跟父親的關係其實頗緊張，並不似外界所想那般融洽。

不過，即便如此他還是接受了由父母安排的婚姻，娶了武鍾謙進門。

「武鍾謙」是揚州名醫的獨女，但沒有受過太多教育，對於這門婚事她心裡雖然歡喜但也擔憂，就怕飽讀詩書的朱自清不喜歡自己，所以就想著如果在文學上她無法在丈夫面前有出彩的表現，那麼至少在操持家務方面她必須得做好，將家中一切打理得服服貼貼。

然而事實證明她的憂慮是多餘的，即使沒有她的決心，朱自清也本就沒打算對她冷眼看待，但不得不說她的決心讓朱自清更加喜愛她，認為自己能娶到這樣一個善解人意且賢良淑德的妻子，是自己這輩子的福份。

這對夫妻互敬互愛，成為他人眼中相敬如賓的模範，不過在幸福恩愛的背後卻是有個炸彈悄悄埋在了未知的位置。

當初嫁給朱自清之前，武鍾謙早已下定決心要打理好朱家的一切，不讓朱自清為了家事煩心，而她也沒有食言，努力的程度連婆婆都讚不絕口，但她卻忘了多為自己著想一些。

因為深愛朱自清，所以她甘願奉獻一切，操持朱家上下及侍奉長輩只是基本，料理家務、撫養幼兒及伺候丈夫也不算什麼，對她而言這一切都不是負擔而是她該做的事，所以就算很累她也從不開口抱怨。

這樣任勞任怨的武鍾謙即便是產後也沒有停下操勞的腳步，平日裡忙慣了的她就算剛生完孩子不久，還是忍不住下床操持家務，如此不為自己身體考慮的結果，就是生命力飛快的流逝。

在為朱自清生完第六個孩子後，武鍾謙才察覺自己的身體似乎有異，但她沒有告知任何人一直忍耐著，只因她不想因為自己耽誤朱自清任何正事。

但她似乎忘了，朱自清是個愛家的人，她的事也是他的事，只是強撐著自己在丈夫面前扮演好角色，直到忙碌的朱自清發現她怎越來越瘦強拉她去醫院檢查時，才發現一切都晚了。

短短三十幾個年頭，是武鍾謙待在這世上的時間，留下六個孩子的她因為操勞過度身體不堪負荷，就這樣撒手人寰。

武鍾謙的去世讓朱自清悲慟不已，他完全無法接受妻子的離去，回想著妻子的好，他忍不住悲從中來心傷落淚。

只是在悲痛之餘朱自清也發起愁來，沒了妻子他該如何待著六個孩子生活下去？

對家務一竅不通的朱自清在之後簡直是蠟燭兩頭燒，為了工作操勞又為孩子們操心，著實是分身乏術心力交瘁。

終於，有人看不過去了，建議朱自清續絃，但這時的朱自清剛喪妻不久根本不想接受他人，這事也就延宕了下來。

但緣分這種事本就很奇妙，之後在他人的介紹下，朱自清認識了陳竹隱。

一位讓他重拾愛情的女性。

愛始於真心相待——朱自清（下）

文：Misa

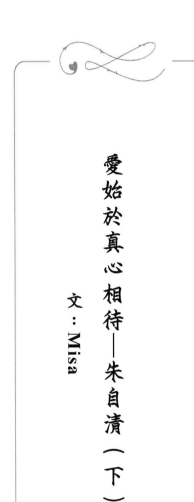

與陳竹隱的相識，對朱自清來說真是場意外。

那天他穿著一件米黃色綢大褂，帶著眼鏡，看上去其實還不錯，但因為腳上一雙老款的雙梁鞋讓他被陳竹隱的同學嘲笑土氣，但這件事他當然不知道，只知道自己對陳竹隱的印象很不錯。

幸好陳竹隱並不是個會因為外表去定義他人的女子，對於朱自清此人她自有她的見解，所以面對朱自清的邀約，她欣然同意。

相較於武鍾謙，陳竹隱的個性更開朗大方，或許是因為接受的教育較多也接觸過更多人，所以她帶給朱自清的感受是與武鍾謙截然不同的。

朱自清深愛亡妻，但他也深深被陳竹隱吸引，在朱自清之子朱思俞的回憶中可以得知，朱自清那時與陳竹隱因為居住距離的關係來往不是很方便，所以通信居多，而朱自清寫給陳竹隱的情書有被保存下來的高達71封之多，可想實際數字應該更多。

然而，當朱自清提出想與陳竹隱結為連理時，陳竹隱卻猶豫了。

她愛朱自清，這是無庸置疑的，但她有辦法成為六個孩子的母親嗎？她不討厭孩子，但她只是一個花樣少女，一嫁入門就要擔負如此大的責任，她做得到嗎？

諸如此類的問題困擾了陳竹隱好一陣子，但朱自清的猛烈追求實在讓她招架不住，最後她屈服了，還是嫁給了朱自清。

婚後的生活，一開始自然是甜蜜的，不過漸漸的兩人稍微有了摩擦，朱自清會不自覺以武鍾謙當妻子時的模式去對比陳竹隱，這樣一對比就發現陳竹隱似乎不夠賢慧，但他卻沒有察覺自己這樣的指控是不公平的。

性格與家世還有經歷完全不同的兩人，怎能被拿來如此相比？

陳竹隱顯然忍不下這口氣，對朱自清提出分手，而這讓朱自清相當震驚，這才開始反思自己做錯了什麼事。

兩人花了一整夜的時間長聊，這一聊把兩人的婚姻聊住了，決定繼續攜手走下去，然後後頭的日子卻是很艱辛的。

動亂的年代日子通常不會太好過，而朱自清身為一個文人靠著微薄的收入實在難以負擔家中的支出，最後迫不得已，陳竹隱為了減輕朱自清的負擔，帶著孩子們回到自己的老家成都。

幸好距離沒有沖淡兩人的感情，朱自清與陳竹隱依然很相愛，但是命運的轉輪一直在轉動，並不會因為愛而停留。

後來，年僅五十歲的朱自清在病痛的折磨中離世，而沒有人想到，陳竹隱為了丈夫艱苦地撐起一個家，而且堅持了很久很久，直到她去世。

說來朱自清是幸運的，這一生兩位女性都為他付出所有，傾盡自己的一生，燃燒自己的生命，因為深愛他而犧牲奉獻。

不過話又說回來，或許是因為朱自清對待愛情的態度始於真心相待，喜歡上就會一心一意，所以兩位妻子才甘願為他如此吧。

一夫一妻是他的堅持——梁啟超（上）

文：Misa

梁啟超是徐志摩的老師，而對於學生總是為愛痴狂且不顧一切的態度，梁啟超基本上是不悅的，而且好死不死徐志摩招惹的還是他未來兒媳婦，為此他寫了一封言詞懇切的書信給徐志摩，但得到的回答卻是「我將於茫茫人海中訪我唯一靈魂之伴侶；得之，我幸；不得，我命，如此而已」。

這讓梁啟超很傻眼，但也見識到徐志摩的癡與癲，果然是不能用常理論之之人也。

不過也難怪梁啟超傻眼，畢竟他本人可是從一而終自始自終都只有一個妻子，把一夫一妻制貫徹到人生結束的那一天，所以對於拋棄糟糠之妻想另娶他人的人，他實在很難有任何認同感。

梁啟超與李蕙仙的婚姻始於李蕙仙堂哥的介紹，而這位堂哥不是別人，正是梁啟超去參加鄉試時的主考官。

這次的鄉試，梁啟超榜上有名，而他相貌堂堂又飽讀詩書的模樣讓主考官很是喜歡，一番因緣際會之下便促成了這段婚姻。

李蕙仙是個大家閨秀，舉止進退有度且知書達禮，而且重點是她雖然是個千金大小姐，但卻沒有大小姐的驕縱與任性，更沒有嫌棄梁家與自家完全不同的貧寒家境，因為她喜歡的是梁啟超的才華，他是不是富豪她並不在乎。

所以即便她一個久居北方的人很不適應廣東的天氣，她也從未有過怨言，反而更加盡心盡心且親力親為侍奉長輩及打理家中的一切，這也為她博得了賢良淑慧之名。

梁啟超一生奔走於國事或是忙著其他大事，說來與李蕙仙聚少離多，甚至根本沒有時間分給家庭，但李蕙仙無怨無悔，甘心做丈夫最堅強的後盾。

梁家沒錢，她就變賣嫁妝，梁家有難，她就勇敢地挺身而出，攜全家上下逃走避難，這樣的女子怎能不令人佩服且尊重？

更別提在梁啟超流亡的歲月中，李蕙仙默默扛起了一個家，替丈夫守護著家人也守護著這個等丈夫回來的家。

如果說梁啟超是近代革新開創新時代的一號大人物的話，那麼功勞絕對要算上李蕙仙一份，就是因為有她在背後支持梁啟超，梁啟超才能毫無後顧之憂去做自己想做的事。

這種無條件的應援及支撐深深感動著梁啟超，對於李蕙仙這個妻子他只有稱讚沒有其他，所以他也認為自己既然得妻如此，就得對她一生忠誠，才不辜負她對自己的一片深情與支持。

然而，意外總是會在人猝不及防的時候到訪，這對深信對方就是自己今生唯一的夫婦，婚姻中還是曾經有過危機的。

何蕙珍。

一個梁啟超在檀香山認識的女子，而她一直仰慕著梁啟超，用匿名的方式為他辯護是她傳達自己愛意的方式。

一夫一妻是他的堅持——梁啟超（下）

文：Misa

檀香山是梁啟超與何蕙珍相遇的地點，不過在此之前何蕙珍就已經對梁啟超十分傾心，所以一見到梁啟超本人後，何蕙珍抑制不住內心的仰慕，處處照顧著來到檀香山的梁啟超，這兩人之間也就起了化學變化。

比起李蕙仙，何蕙珍顯然更年輕且貌美，受過西方教育的她舉止落落大方又端莊有禮，也難怪梁啟超會動心。

苦惱了許久，梁啟超決定將自己的心意告訴妻子，一五一十坦白自己與何蕙珍之間的情愫，因為他從來沒有過那種如懷春少年般的感覺，這是一種難以言喻的細胞活躍感。

然而李蕙仙接到信件之後並沒有勃然大怒，雖然很不高興，但憤怒過後她提筆回信給丈夫。

她在信中告訴丈夫，說梁啟超乃是一名男子，不必從一而終，如果梁啟超真的喜歡何蕙珍，那她就告訴公婆成全他們，如果梁啟超只是玩玩，那麼她希望梁啟超可以好好保重身體。

而收到妻子的回信後，梁啟超愣了很久，最後回過神來才發現，自己根本不應該這樣做，如此根本是傷透了妻子的心，而他曾經告誡自己不該如此。

所以即便李蕙仙在信中表明願意接受何蕙珍，但梁啟超卻毅然決然鄭重拒絕了何蕙珍的愛意，並在之後回信給妻子認錯。

不過至此為止並不是何蕙珍此人在梁啟超生命中最後一次出現，因為何蕙珍始終放不下，只是不敢再去打擾梁啟超，就這樣一個人生活直到她聽說李蕙仙去世，她才敢上梁家找梁啟超，因為她認為失去妻子的梁啟超需要人照顧。

只是，原本以為自己終於可以如願的何蕙珍，還是被梁啟超拒絕了，何蕙珍有些不敢相信，但看到梁啟超眼神中的堅定，她只能心碎離開梁家。

要說梁啟超完全不喜歡何蕙珍肯定是假，要不他當初也不會寫信跟妻子坦白，只是在諸多顧慮之下，他不能接受何蕙珍，即便妻子去世了也不能。

一夫一妻是他腦海裡長久以來根深蒂固的觀念，而他在與李蕙仙的婚姻中途已經差點迷失過方向一次，所以他不會再重蹈覆轍，只能看著何蕙珍黯然離開也不能開口留住她。

有人說梁啟超這樣很蠢，妻子都死了何必白白錯過佳人。

也有人說梁啟超這樣很假，動心就算是犯規，精神出軌也是出軌，何必在那裏假裝清高說自己支持一夫一妻。

但也有人說梁啟超這樣很對，及時回頭永不再犯就是他愛妻子的最好證明。

然而不管如何，在梁啟超的生命中，僅有妻沒有妾，的確是將一夫一妻這個觀念執行得相當徹底，至於他到底算不算是個好男人，那就是見仁見智自由心證了。

走自己的路——魯迅（上）

文：Misa

如果學了一身高超醫術想要治病救人，但接觸之下才發現，原來自己認為的病人所患之病根本不是身體上的疾病而是思想上的疾病，那麼接下來該怎麼做？

這就是文學大師「魯迅」遇到的問題，他本來是醫界高材生，但學成歸國之後卻發現國人們需要的不是醫生，而是一位可以喚醒國人，讓國人振作的人，所以他毅然決然放棄了當醫生，而改當起了文學家，用筆喚醒麻木又懦弱的國人。

對於自己的國家，魯迅的付出功不可沒，這也歸功於他認為只要是被判定是他自己該走的路，他就絕對不會猶豫，且不管他人怎麼說。

而在愛情方面，他也秉持同一信念沒有改變，但這倒苦了一位女子，她就是魯迅的元配夫人「朱安」。

朱安幾乎不識字且又信奉封建禮俗，將那些傳統禮教奉為圭臬，活脫脫就是個非常傳統且平凡的女子。

平心而論如果是朱安存在的年代更早一些，她這樣的女子並沒有什麼不好，顯而易見會是個賢妻良母，但偏偏她生長的時代正在快速變遷，很多人因為受過新式教育所以非常厭惡封建制度底下的產物，而魯迅就是其中之一。

可想而知這段婚姻從一開始就是錯誤，而對這段婚姻非常不滿意的魯迅更是壓根兒不想碰朱安，結婚之後他幾乎是火速離開了家，完全不想再多待一秒鐘。

如果是新時代女子可能會因此被惹怒而追去找丈夫理論，但是朱安沒有，她不是那種人，即便覺得自己很委屈也不吭一聲，就這樣待在夫家陪著婆婆等著不知道何時會回家的丈夫。

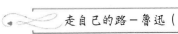

很不幸的是，魯迅一點也沒有回家的打算，又或者該說是他完全不想對朱安履行身為丈夫的義務，更可以說他是認為自己已經完成了母親要求自己結婚的任務，至於剩下的事，那就請自求多福了。

可能有人會認為魯迅這樣很殘忍很自私，在他們的年代這樣的包辦婚姻很常見，其他人還不是都很恩愛，為什麼他卻完全不顧朱安的感受，明明朱安也是封建制度下的受害者！

話是這麼說沒錯，但此事件最大的罪魁禍首並不是魯迅，而是那些讓子孫遭受這等遭遇的那些長輩們，雖說魯迅的態度可能真的太冷漠及決絕，但這也是他個性使然。

接受不了就是接受不了，不要逼他接受，就像他曾說「走自己的路，讓別人去說」這句話，由此就可以看出他的性格。

不過就算是在包辦婚姻面前態度如此冷漠的魯迅，在遇上「許廣平」之後就完全變了。

愛情原來如此美妙，魯迅是第一次知道。

走自己的路——魯迅（下）

文：Misa

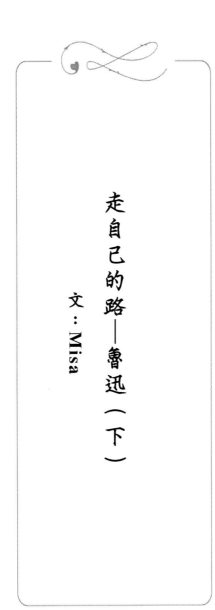

許廣平是一個勇敢的女性，她是魯迅在北京女子師範大學的學生，比魯迅小了十幾歲。

所以依照當時還不算太開放的風氣來看，師生戀基本上是不被接受的，但許廣平實在無法克制自己內心對魯迅的愛慕之心。

授課中的魯迅是很風趣幽默的，對時下態勢的不滿及愛國的情懷都在授課中用很「魯迅」的方式傳達出來，這也是許廣平越來越不可自拔的原因。

她喜歡這個男人，喜歡他的才華與一腔熱血，也喜歡他的幽默風趣，總之魯迅的一切他都喜歡，所以她決定寫信給魯迅。

小女子寄予愛慕之心的書信，內容自然是情感飽滿情深意切，所以魯迅自然是感受到了，但他回信的內容卻完全沒有正面回應許廣平，反而把話題轉為討論文學，顯然是心有顧忌所以只能當睜眼瞎子，當作自己沒看見許廣平的仰慕。

但許廣平沒有放棄，最後魯迅終於屈服了，他看著眼前面容柔美但眼神卻異常堅定的許廣平，有個問題瞬間從嘴裡衝出。

「我已經是這個年紀，又有這麼多內心的傷痛，還能夠容納這樣的愛情，還配得上爭取這樣的愛情嗎？」魯迅如此問道。

「神未必這樣想。」許廣平很平靜，看著魯迅的雙眼如此回道。

這樣的一句話，完全感動了魯迅，他感覺到內心有一股異樣的感受正以心臟為基地開始擴散，而感受了好一會兒之後他才知道，愛情原來就是這種滋味。

不過在亂世中談戀愛並不容易，四個年頭四座城市，總共一百多封信，記錄了魯迅與許廣平戀愛的過程與心路歷程。

然而，有一個問題還是橫梗在他們之間，讓他們無法順利結合，那就是魯迅已婚的身分。

基於道義，魯迅雖然對元配妻子冷漠且不太理會，但他也知道倘若自己休了元配，那麼朱安可能會活不下去，因為在當時被離棄的女人是會遭人唾棄的。

魯迅很苦惱，因為他真的很想一輩子跟許廣平在一起，然而許廣平沒有讓魯迅苦惱太久，有名無實她可以接受。

就這樣，這兩人過起了夫妻的生活，兩人如膠似漆相當恩愛，直到魯迅走到生命的最後一刻，他仍緊握著許廣平的手，對她說出看似無情卻深情的話。

忘記我，過自己的生活。

但許廣平怎麼可能做得到，她餘生都在想念魯迅，替魯迅繼續未竟的志願。

終其一生，魯迅都很做自己，而許廣平可說是他人生的一個驚喜，因為他依然還是在做自己，只是身邊多了一個伴而已。

卑微的愛，孤獨的離去——張愛玲（上）

文：Misa

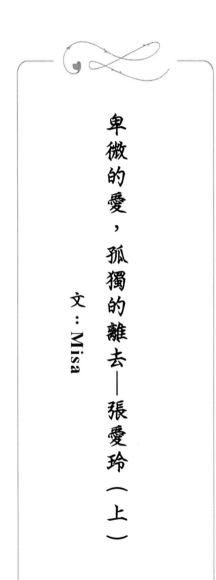

文字大抵是很多人認識張愛玲的方式，而不可諱言張愛玲的才華堪稱一絕，是位才華洋溢的才女。

不過比起在文壇上的輝煌，她的愛情路就顯得相當坎坷，而有些剖析過她人生的人認為，她會在愛情中將自己的姿態放的那般卑微是因為她太渴望愛，自小缺愛的她只要愛上了就不想放手，所以願意放低姿態，低至如塵埃一般。

張愛玲本名張瑛，出身上海，是著名的散文家、小說家、劇本作家及記本評論家，更是中國知名的女性文人之一。

她的祖父及外曾祖父分別為張佩綸及李鴻章，這兩人都曾在清朝擔任重要職位，所以基本上張愛玲的家世算是很不錯的。

只不過這是外人看的到的部分，其實她的家庭並不和諧，父母一個沉迷鴉片一個渴望自由，所以張愛玲自小就沒有怎麼感受到「愛」這個字。

尤其當她父母離婚繼母進門後，她對待在家中的日子感到更加厭惡，之後便離家出走尋找自己的一片天空。

本來有機會出國留學的她卻因為戰事關係而無法成行，遂入讀香港大學，後來又因為太平洋戰爭爆發，所以她搬回了上海，開始為報刊雜誌撰稿。

這個時期也是張愛玲在文壇上大爆發的時期，她知名著作如《沉香屑·第一爐香》、《傾城之戀》、《心經》、《茉莉香片》等作品都是在此時期展露在世人眼前，也將她的名聲推至一個新高點。

不過誰也沒有想到，一個男人的出現竟讓這位看來高不可攀的才女為愛甘願化作塵埃。

胡蘭成大張愛玲十幾歲，不過對於調情聖手來說，只要是看上的獵物，差幾歲都不是問題，所以在他的手段之下，張愛玲不由自主就淪陷了。

當然胡蘭成不是個草包，不然也不會讓張愛玲如此眷戀，這個男人除了有手段之外還有才華，他能說甜言蜜語哄張愛玲開心，也可以與身為才女的張愛玲談詩論賦，所以兩人既可以濃情蜜意也可以天南地北毫無限制的閒聊，這讓張愛玲覺得自己真的遇上了合適的人，才會一頭栽了進去。

待胡蘭成與第二任妻子離婚後，張愛玲便義無反顧嫁給了他，愛到深處無怨尤的她完全不顧胡蘭成在外的名聲以及他身為漢奸的事實，一心只想與胡蘭成天長地久直到白頭。

但這是她一廂情願的想法，胡蘭成可不這麼想，長久以來都四處拈花惹草的他可不會一直停留在張愛玲這朵花上。

不過張愛玲並沒有察覺，依然一心一意愛著胡蘭成，想著自己自小缺愛，現下終於遇上良人，此生也就算是圓滿了一回。

但事實是如此嗎？

不，當然不是。

因為去了武漢的胡蘭成，跟另一名女子結婚了。

卑微的愛，孤獨的離去——張愛玲（下）

文：Misa

用晴天霹靂可能還不足以形容張愛玲得知胡蘭成重婚時的感受，她看著眼前一臉坦然對自己承認身邊另有女人的胡蘭成，張愛玲忽然發現眼前的男人好陌生，不是她深愛的那個男人。

我以為愛情可以填滿人生的遺憾，然而，製作更多遺憾，卻偏偏是愛情——張愛玲

這段愛情對張愛玲來說不僅是遺憾，更多是心痛與淚水，她從不敢相信到不得不接受，但卻始終無法坦然放下，最後她選擇分離。

與深愛之人分離之後的張愛玲自然是很痛苦的，所以導致她覺得自己沒有氣力也沒有勇氣再去愛別人，也因此她錯過了桑弧，這個明明很好也很愛她，但她卻不敢去愛的男人。

最後，她選擇了賴雅，一名大她近三十歲的男人當她的第二任丈夫。

這兩人也算是一見如故，雖然年齡差距大談話卻沒什麼隔閡，所以認識沒多久後就結婚了。

婚後的生活也算平靜愉快，張愛玲也在這樣的撫慰下修復著自己受傷的心臟，在有賴雅在身邊的幫助下，開啟了自我療癒。

不過這對夫妻如此這般的溫馨小日子沒有過多久，因為賴雅病倒了，而張愛玲責無旁貸就扛起了照顧賴雅的責任，直到賴雅去世。

比起第一段感情，張愛玲與賴雅這段情感在外人看來可說是過於平凡甚至淡如水，有種索然無味的感覺，甚至還給人一種這對夫妻只是各自找個伴並不是真心喜愛對方的錯覺。

不過……

愛就一定要那般轟轟烈烈尋死覓活嗎？

愛就一定要經歷背叛心傷才算是真正愛過嗎？

愛就一定要回憶起來撕心裂肺才稱得上是愛嗎？

當一個人經歷過上述這三種情況後，千瘡百孔的心其實已經不起任何折磨與打擊，就算經過修復，但曾受傷過的痕跡依然存在，只是清不清晰而已。

而對張愛玲來說，遇上賴雅是她認為的幸運，跟賴雅在一起的平靜是她那時想要的安寧，而跟賴雅婚後的日子是她認為平凡甚佳的一種表態。

平凡的日子沒有什麼不好，至少她不用活在猜忌是否有人正與她分享本屬於她的愛情，不用提心吊膽不斷騙自己，這回他肯定不會再帶其他人回來，或是從他的口中聽到其他女人的名字。

所以她從沒有拋下賴雅的打算，就算日子過得辛苦也依然守著賴雅，直到賴雅生命最後一刻。

但可惜的是，如此一名情感充沛且才華洋溢的女子，最後離開世上時，卻是孤零零的獨自一人。

自小就渴望「愛」這個字的她，經歷了愛過而後痛過然後不愛，最終是在無人知曉的情況下走完這一生。

1995 年，張愛玲被發現逝世於居住的公寓，得年 75 歲。

一生一世僅一人——巴金

文：艾芙蔓

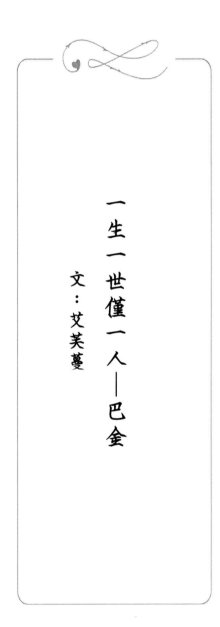

「巴金」本名李堯棠，是相當傑出的文學大師，但也聽聞他因為一直沉溺在創作中，導致他沒有時間談戀愛。

這麼說可能有點誇張，不過這是事實，在遇到「蕭珊」之前，巴金在愛情方面確實是一塊白板，他也說過其實要不是遇到蕭珊，或許他不會有家庭，因為他想要全心全意投入創作，不想被任何事干擾。

而他說到做到，在他 32 歲之前還真對愛情沒半點興趣，直到蕭珊出現在他生命中後才改變了原本的想法。

蕭珊本是寧波人，到上海就學後因為喜歡戲劇，所以不久後就加入話劇社，而運氣很好的她正好趕上了社團排演民國重要的劇作《雷雨》。

要知道《雷雨》是在巴金的推動下發表出來的，一出版便造成轟動，所以很多劇團都搶著演出，也讓很多戲劇愛好者蜂擁而至。

蕭珊因為活潑外向不怯場的個性受到矚目，雖然入社時間不長，但卻拿到女主角的位置，而在排演的過程中她慢慢對文學產生了很大的興趣，所以閒暇之餘開始閱讀大量新文學書籍，而其中她最喜歡的作者就是巴金。

巴金寫作的風格深深吸引了蕭珊，她可說是被深深震撼了，所以開始好奇巴金到底是怎樣的一個人物，才會寫出如此撼動人心的作品。

本來就是行動派的蕭珊決定寫信給巴金，信件很厚，裡頭寫的是她的困惑、嚮往還有想法與渴求，她很想要知道如果是巴金，會怎樣回答她所有問題。

該說是緣分嗎？

對成名的巴金而言，閱讀讀者來信也是他日常會安排的行程之一，而蕭珊的來信顯然給了他很深刻的印象，他甚至可以透過她親手寫的文字與語法感覺到這是一抹相當靈動的靈魂。

對比起自己埋頭創作實在有時顯得過於貧乏的人生來說，像蕭珊這樣靈動的女子出現，無疑是給巴金一種震撼，所以他不但回信了，而且還很耐心回的很徹底。

不過這樣的悸動沒有讓巴金失控，他認為對方年齡那麼小，自己需擔負的應該是誘導她正確成長的責任，而不是與她風花雪月，所以在之後很多年，他都與蕭珊保持著書信往來的習慣，而這兩人遲遲沒有更進一步。

後來在一些事件發生後，回到家鄉的蕭珊又來到巴金所在的城市，這次她不再猶豫約了巴金見面，而巴金也赴約了，相差多歲的兩人在這次會面後都覺得與對方的契合度更高了，但偏偏巴金還是沒有任何動作。

他有顧忌，顧忌兩人之間的年齡之差還有自己後來的家道中落，他怕蕭珊只是年輕一時情迷，也怕自己無法給蕭珊一個安穩的家，所以他一直沒有開口。

後來蕭珊實在是受不了看似欲拒還迎的他，主動開口問了才知道，原來他心有顧忌，而在蕭珊徹底表明心意後巴金並未動搖，只冷靜提出如果過些年蕭珊的心意不改，那麼他們就在一起。

然而蕭珊這一等就是八年，這期間兩人也一同經歷了很多事，最後終於在巴金 40 歲時結為連理，婚後生下兩個孩子，生活相當幸福美滿。

不過好景不常，雖然蕭珊小巴金十幾歲，但她卻先一步離開了人世，留下長壽的巴金被思念折磨，整整30幾年都將她的骨灰放在身邊，且多次交代子孫務必在他逝後將他與妻子的骨灰混合在一起然後海葬。

所謂談情「不談則已，一談驚人」說的就是巴金吧，如此癡情又忠貞的男子的確少見，也讓這段愛情成為很多人眼中象徵「永恆」的一段戀曲。

往事只能追味——林語堂

文：艾芙蔓

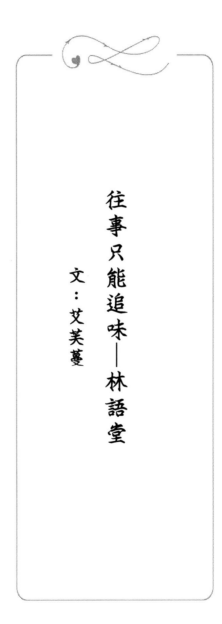

林語堂在文壇上的名氣相信不用多說，而若知曉林語堂的人也幾乎都知道，林語堂有一個一直掛在心尖上的女子，她就是「陳錦端」。

陳錦端是林語堂同學的妹妹，而林語堂對陳錦端的感情幾乎是在一瞬間就爆發開來的，因為他發現自己對美的定義在陳錦端身上完全一覽無遺，陳錦端就是他心目中最理想的終生伴侶，而顯然陳錦端也是同樣的心思，只是這對才子佳人終究無緣廝守一生。

陳父的堅決反對讓這對情投意合的戀人無法順利繼續在一起，理由是認為林語堂配不上自家女兒，畢竟那時陳家是名門，而林語堂就只是一個教會牧師的兒子，這樣的身分在陳父眼中根本不值一談，根本不可能答應把女兒嫁給林語堂。

只是，棒打鴛鴦也就算了，陳父也不知是怕林語堂與女兒繼續藕斷絲連還是真有其他想法，總之拆散有情人他親手做了，而當介紹人這件事他也做了。

是的，陳父把隔壁廖家二小姐「廖翠鳳」介紹給林語堂，還對他說這二小姐賢慧又美麗，若是林語堂願意，他就當這個媒人，替林語堂過去說親。

這一系列的操作讓當時的林語堂幾乎是反應不及，但也從陳父的舉動中得知，他這輩子想娶陳錦端是天方夜譚，幾乎不可能成真的事了。

想到此點，林語堂感覺自己全身力量似乎都被抽光了，整個人空空蕩蕩像沒了靈魂，對於廖翠鳳他沒有半點意思，沉溺在被拆散的情傷中他相當難過，但沒想到自己跟廖翠鳳的緣分在今生是無法斬斷了。

陳父的提議，林語堂的父母意外很喜歡，這迫使林語堂只能上廖家拜訪，卻不料廖翠鳳頗為中意他，而且就算其他人對廖翠鳳說林家窮或是其他碎語，但廖翠鳳卻沒在乎過，壓根兒不在乎。

總之後來林語堂決定跟廖翠鳳結婚了，而知曉此事的陳錦端拒絕了父親安排的婚事，遠走美國留學去了。

奇妙的命運安排改變了這三個人，本來以為可以廝守一生的兩人成了有緣無份的一對，而本來沒有交集的兩人卻成了夫妻。

然而，讓人訝異的是，本來大家以為對陳錦端念念不忘的林語堂與知曉丈夫另有心上人的廖翠鳳會處的不好，這場婚姻可能會悲劇收場時，這對夫妻卻讓眾人跌破眼鏡。

這樣的結果可能要歸功於這兩人迥異於他人的個性，一個有智慧的女人跟一個知道轉圜的男人。

丈夫心裡有別人，這事你知我知，廖翠鳳自然不可能不知，而且林語堂也從來沒隱瞞過，但廖翠鳳並不把時間花在與丈夫吵架或妒忌上，她雖然也是個大小姐但面對清苦的生活一句怨言也沒有，依舊把家裡打理的妥妥貼貼，以寬大的心胸與賢慧的性格贏得丈夫的尊重與疼愛。

至於林語堂，雖說心中有別人但他對妻子的態度並沒有過於冷淡，不過度逼自己鑽牛角尖非得讓初戀佔據自己整個生活的想法讓他把婚營經營成他人眼中的理想。

這一對夫妻是特別的，他們互補互敬互愛，所以經營出不在他人預期中卻很美好的婚姻。

自此，他們一起生活，一起變老，一切都好，歲月靜好。

愛情來的再晚也是愛情——梁實秋

文：艾芙蔓

中國第一個研究並翻譯莎士比亞著作的文學家是「梁實秋」，而在背後默默支持丈夫完成這件事的人是梁實秋的第一任妻子「程紀淑」。

這兩人的婚姻真要說話算是父母之命，但其中也有自由戀愛的部分，而且還有幾年是異地戀，但這沒有讓這對戀人放棄彼此，在梁實秋留學結束返國不久後，這兩人實現了當初對彼此的承諾，成為了夫妻。

但是在那個動盪的年代，一家人未必能好好在一起過日子，1937年因局勢危急，本來要舉家撤離的梁家終究因為很多因素導致只能梁實秋一人先走，待局勢較穩定後程紀淑再與丈夫會合，不過誰知道這一分別就是六年呢？

六年後兩人再見，都有種恍若隔世之感，但也就此未再分開一直到了1974年，在美國與小女兒一同生活的夫婦倆才被一場意外拆散，就此天人永隔。

妻子的離世對梁實秋打擊很大，悲傷欲絕的他甚至還創作了《槐園夢憶》這個悼念程紀淑的作品，然而在愛情方面，顯然老天爺對已經年邁的梁實秋有了新的打算，或者說是對他的一種考驗。

梁實秋的第二段婚姻並不受人待見，甚至還掀起不小的波瀾，更甚者說還有人因為這件事而唾棄這對夫妻，所以說是一種考驗倒也合情合理。

「韓菁清」這號人物可能現代許多人不熟悉，但在年輕時她也曾頗有名氣，影歌雙棲的她還曾是上海小姐，而喜愛文學的她在四十多歲那年與梁實秋相遇了。

這段相遇認真來說，用天雷勾動地火這樣的形容詞應該不算太誇飾，因為當年已經七十好幾的梁實秋與失婚過一次的韓菁清之間真的是如此發展。

一個意外的相遇讓他們開始交談，交談過後發現兩人無比契合，尤其是梁實秋發現韓菁清居然看過自己所有的著作後，對這名女子便欣賞不已，一股情感便洶湧而出，再也無法克制。

一封又一封的情書開始送到韓菁清手上，信中的稱謂也從禮貌變成親暱，只是對韓菁清來說，雖然她對梁實秋也相當愛慕，但畢竟年齡相差懸殊，她還是有些猶豫。

不過梁實秋說服了她，還說要娶她為妻，而她在猶疑之間思起自己在梁實秋之前從未遇過與自己真正心靈契合之人，倘若這次錯過了，那麼很可能是一生都將在尋不著自己心之嚮往之人中度過。

所以他們真的結婚了，一場混亂也隨之而來。

畢竟梁實秋相當有名，而韓菁清也算是還有點名氣，所以這件事被大篇幅報導，而這也就罷了，重點是只要是相關新聞或訊息，百分之九十九幾乎都是負面的。

鋪天蓋地的攻擊朝這兩人直射而來，其中韓菁清遭受的攻擊可說是較為嚴重，但真正見識過風雨的人豈會在意這些事？

所以梁實秋的應對之法就是不予理會，與新婚妻子愉快過日子，外頭的紛紛擾擾並不在他們煩惱的範圍內。

有人說晚年的梁實秋是瘋狂的，為愛痴狂的他失去了文人的風範僅剩下對風花雪月的追求，而當然更難聽的話也有。

但或許很多人都忘了，每一個人的人生都是自己的，梁實秋與韓菁清兩人的選擇是他們兩人自己的抉擇，或許在外人眼裡看來驚世駭俗不為人所接受，但對這段愛情而言，可能結婚才是他們認為最好的結果吧！

雷雨過後，對還是錯？——曹禺

文：艾芙蔓

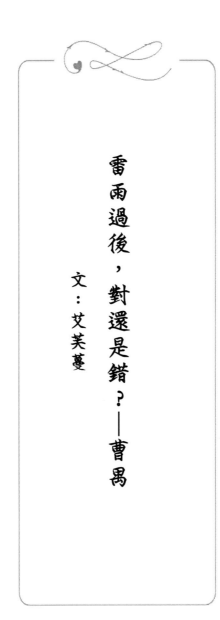

出軌這種事一般不被世俗所容忍，尤其男性出軌理由通常五花八門令人難以接受，不過「曹禺」會出軌，可能是連他本人在追求元配時也沒想到的結果。

說來曹禺自小就愛看戲，長大後考入南開中學當插班生的他，在校期間不僅積極參與各種戲劇活動且還加入南開新劇團，後來大學時期他又從南開大學轉入清華大學西洋文學系，在清華一心研究戲劇，從古希臘悲劇到莎士比亞、易卜生、奧尼爾等等劇作，他都用心鑽研，而這段時期也為他日後的創作帶來巨大影響。

不過，在這個時期對他人生造成影響的不只是戲劇，還有一個女性，這個人名為「鄭秀」。

他與她是在清華大學的禮堂上相遇的，那時候他是台上的表演者，而她是台下的觀賞者，在經人介紹之下兩人正式認識，但這時的鄭秀對曹禺一點意思也沒有。

但曹禺就不同了，他對鄭秀可說是一見鍾情，就像見到心目中的女神般，他開始想著自己要如何才能與鄭秀更進一步，所以當鄭秀順利考上清華大學法律系後，曹禺簡直樂壞了，後來藉由校慶之便，要表演話劇的他二話不說邀請鄭秀演出女主角。

當然，事情沒這麼容易，曹禺可說是追鄭秀追的非常辛苦，但幸好皇天不負苦心人，最後鄭秀終於被他感動，而他也在有佳人在旁後創作出此生經典大作之一的《雷雨》。

後來《雷雨》讓曹禺聲名大噪，而他與鄭秀也在不久後結婚了，只是愛情是愛情，婚姻經營又是另外一個課題，這兩人終究還是在新課題中遇上了瓶頸。

身為家庭主婦，鄭秀只顧著晚睡晚起及打麻將，常常曹禺都回到家了，卻連一口熱飯都沒有，更別提其他家事了，看著還流連在牌桌上的妻子，他不只一次與之溝通，但成效顯然不佳。

至於鄭秀這方也有怨言，她曾對好友說曹禺不愛乾淨等等抱怨的話語，兩人不和到此可見一般，也讓這段婚姻走上了難以挽回的局面。

在曹禺眼中，後來的鄭秀跟不知人間疾苦的公主沒兩樣，接著「方瑞」的出現更是成為壓垮這段婚姻最後一根稻草。

有了心靈上與自己萬般契合的方瑞後，曹禺也算是鐵了心，後來直接就跟方瑞同居，不久後就跟鄭秀提出離婚。

鄭秀自然是不同意的，她與之僵持著，而也是在這個時候她才發現自己其實深愛曹禺，但深愛她的曹禺已經不在了，她的僵持雖然持續了頗久，最後還是在不得不妥協的情況下妥協了，簽下了離婚協議書。

然而等協議念完之後，她卻放聲大哭，哭得聲嘶力竭肝腸寸斷，本以為只有自己傷心的她，偏頭卻看到曹禺也在痛哭。

《雷雨》被他們兩人視為定情之物，但他們卻也是在《雷雨》過後漸漸失去彼此。

這場出軌到底對還是錯？

到底誰是對誰是錯？

想來這並不適合由外人來置喙，愛情本就亂無章法，如要定論也得由他們自己來下。

感性終究凌駕了理性——宋靄齡

文：艾芙蔓

身為宋氏三姊妹的大姊，宋靄齡的名氣比起兩個妹妹似乎略遜一籌，但實際上宋靄齡此人的能力不容小覷，要不在她逝世的隔天，《紐約時報》也不會用「這是一位在金融上取得巨大成就的婦女，是世界上少有靠自己精明手段致富且相當富有的婦女，是促成宋美齡與蔣介石結婚的媒人，是宋家神話的創造者，也是宋家王朝的掌權者」這樣一段話來為她一生下註解。

但就算是這樣一個看似無所不能的女性，在愛情方面並沒有一帆風順，反而可說是出師不利。

曾任孫中山先生秘書的宋靄齡暗戀著孫中山，後來她決定主動出擊，但不管她暗示明示，孫中山都當沒這回事，沒有對她的情意作出半分回應，而更糟的是當這段單戀裹足不前時，她的父親又以許多大道理來勸退她，要她不可再繼續這段暗戀。

無奈之下宋靄齡只能放棄，但也就是在她決定放棄之後，她生命中真正的另一半出現了，只不過她一開始並不這樣認為就是了。

嫁給孔祥熙對向來理性的宋靄齡來說，就是一種權衡利弊下的結果，不帶感情的，單純只考慮嫁給他會為宋家及自己帶來什麼好處。

結果在一番考慮之後，宋靄齡嫁給了孔祥熙，但很明顯並不是喜歡孔祥熙，至少在這時候不是。

有些人會說宋靄齡與孔祥熙是先婚後愛的最佳代表之一，基本上幾乎可說是如此無誤。

可能連宋靄齡自己也沒有預料到，孔祥熙會對她如此百般呵護，儘管知道妻子嫁給自己是不帶感情而是另有原因，但他卻沒有太在乎此點，一貫的真心實意，用自己的方式讓心愛的人知道自己是真心愛她的。

漸漸的，宋靄齡被身邊這個溫柔又呵護她的男人感動了，感性的一面漸漸在孔祥熙的面前展露出來，對外人而言氣勢凌人不可侵犯的宋靄齡，卻在孔祥熙身邊變成了他最寵愛的公主。

這樣的落差讓很多人跌落眼鏡，但這又何妨？

誰說女強人就不能有愛撒嬌又嬌滴滴的一面了？

對宋靄齡來說，嫁給孔祥熙然後演變成後來那般恩愛的局面，應當是她這一生感到最甜蜜的事，而比起其他兩個妹妹，唯一有後代的宋靄齡更是證明自己過上了跟前後當上第一夫人的妹妹們不一樣的人生。

雖然後來有人說他們夫妻啥都不管只管賺錢，成了一對唯利是圖的夫妻，但宋靄齡壓根兒沒在管別人說什麼，賺錢為先享福在後，錢是她親手賺的，所以她想要日子過得舒服又礙著誰了？

也就是這樣的宋靄齡讓後來有些人認為，即便沒有當上第一夫人，但她仍是宋氏三姊妹中最幸運的人，雖是在自身算計下嫁給了不喜歡的人，卻在對方的呵護下成為了知曉什麼是甜蜜的女人。

向來理性的她，被丈夫的疼愛與溫柔逼出了骨子裡的感性，但她非但不討厭，還沉溺其中甘之如飴。

愛情等於愛國——宋慶齡

文：艾芙蔓

宋慶齡，宋氏三姊妹排行老二，是國父孫中山先生的第二任妻子，而她與丈夫整整相差了二十七歲。

要說到她為什麼會嫁給國父，這可能還得感謝她大姊宋靄齡，因為就是宋靄齡把她帶到國父身邊一起擔任秘書，後來宋靄齡結婚後，這個職位就完完全全由她頂替了。

而在時常接觸下，「日久生情」這個詞就在他們兩人之間出現了，不過基本上當時是不被允許的關係。

一來孫先生那時有結髮妻，二來兩人年齡差距過大，所以幾乎沒有人看好這一對，認為絕對不會有結果。

不過愛情來了通常是擋不住的，尤其當雙方都認為彼此是自己的真愛時，那麼再多阻礙也得一一排解，求的就是與對方廝守一生，成為彼此生命中的唯一。

後來孫中山與元配離了婚，宋慶齡才得以嫁給心上人，這一切看似順理成章且相當美好，但其實美好的背後宋慶齡犧牲了不少。

首先宋慶齡可說與一般女子不同，她是一個對改革及革命相當有興趣的女性，愛國之心時常在她胸口沸騰著，這也導致當她有機會接觸到革命核心時，她感覺到的是前所未有的快樂，而她認為這種快樂會因為有孫中山的存在變的更加美好，因為在她眼裡，孫中山就是一個大英雄，一個勇於帶領眾人改變時代的大人物。

至此不難發現，宋慶齡對孫中山是一種近似崇拜偶像般的心態，所以當孫中山對她有所表示時，她幾乎是毫不猶豫就同意與他在一起，不管多艱難她都無所謂。

當然，某一個層面上來說，她也是真心喜歡孫中山的，在兩種心態合而為一之下，就沒有人可以阻擋這兩人在一起，所以即便過程確實困難重重，他們還是克服萬難成為了夫妻。

只不過在後來宋慶齡朋友釋出的記載中可以發現，這段很多人都以為很美好的愛情其實還是有雜質，甚至到最後有點變質。

她的朋友，也就是美國記者艾德加·斯諾曾問她是怎樣愛上孫中山的，而出乎人意料之外的是她的回答竟然是……

「我沒有愛上他，我是遠距離的英雄崇拜，一個浪漫女孩的念頭，我離家去為他工作是因為我想要救中國，而孫博士是唯一能做這件事的人，所以我想幫助他」

多麼令人震驚的回答，這不禁讓人疑問，宋慶齡當初熱烈的愛情跑哪裡去了？

然而這個答案或許可以在 1922 年陳炯明攻擊總統府的事件後看出端倪，而在這之後人們也慢慢發現宋慶齡出現在民眾面前的時間似乎變多了，後來甚至成為了領導人妻子做政治人物的先河。

那麼她的愛情到底還在不在呢？

她還是當初那個對孫中山說「我願做你的妻子，永遠幫你做革命工作，革命需要我們兩個人在一起，我的心一直追隨著你……」等等話語的那個女孩嗎？

說實話，沒有人可以在 1922 年之後篤定的說「是」，可能連她自己也不能，但之後的發展或許就可以用她把愛情完全轉化成一種愛國情緒來形容，讓她成為了馳名中外的「孫夫人」。

是政治聯姻還是真愛——宋美齡

文：艾芙蔓

「蔣宋美齡」這四個字對許多台灣人來說應該不陌生，即便後來人已遠走美國，但屬於她的傳說還依然在江湖流傳。

即便現在她已去世多年，她與蔣中正的故事還是時常被拿出來討論，而最常聽到用來形容他們婚姻的就是「政治聯姻」四個字。

「聯姻」兩個字背後通常都牽扯著剪不斷理還亂的關係及利益，而在成為蔣宋美齡之前的宋美齡，原本其實並沒有想到自己會有成為第一夫人的一天。

宋美齡被稱為「民國女神」，她長的美，個性獨立又有才華，且又是名門之後，所以追求者眾多，就連張學良見到她也對她傾心不已。

而宋美齡跟蔣介石之間開始真正擦出火花就要追溯到 1926 年，一次聚餐中宋美齡的美貌及才情讓蔣介石驚為天人，即刻展開熱烈追求。

不過過程並不順利，首先又是那個似乎挺多人都遇過的老問題，就是蔣介石是已婚身分，還有就是宋家人有幾位並不待見蔣介石，認為宋美齡與之並不相配，又或者是根本認為蔣介石配不上自家人。

總之阻礙重重，但最後宋美齡還是嫁給了蔣介石，成為了蔣宋美齡，但冠上夫姓就是她故事的結束了嗎？

當然不是。

蔣宋美齡並不是個簡單的人物，她很有自己的想法也很聰明，有人說蔣介石看上她也是因為她會是個好幫手且宋家對自己有幫助，而宋家也是看上蔣介石應當會成為了不起的大人物，到時候魚幫水水幫魚，大家都因此得利豈不甚好！

也是因為如此所以這段婚姻才會被很多人認為是一場「政治聯姻」或是「利益聯姻」，畢竟在檯面上看來，似乎有點這樣的味道。

當然真相如何誰也無法說的清，因為知曉的人大多不在了，但或許可以從一些蛛絲馬跡上察覺，其實這兩人的關係並不如外界說的那般。

首先蔣介石追了宋美齡五年，期間為了打動宋美齡有多費勁那可不是三言兩語就可說清，再者就是兩人婚後發生了許多事，因為畢竟身處動盪年代，有些事發生就變成無可避免，尤其迎娶宋美齡時，蔣介石已是當時擁有最高實權的人物，所謂高處不勝寒，站的越高也越危險，這一點當年的人都是很清楚的，當然宋美齡也不例外。

這對夫妻的確真正實現了「魚幫水水幫魚」這六個字，但如果了解很多細節就可以知道，這樣的互助並不是不帶感情的，蔣介石可以為了宋美齡改變自己很多習慣，而宋美齡也會為了蔣介石去親身涉險，當年的「西安事變」就是最好的證據。

在1937年抗戰全面爆發之後，在幾場重要的會戰中，蔣介石多次冒險上場抗敵，而宋美齡也沒有聽話乖乖待在家裡，而是堅持陪著丈夫上戰場，且表明自己無論如何都要與丈夫生死與共。

期間蔣介石多次被日軍轟炸而受傷，宋美齡也沒有倖免，他們這對夫妻是第二次世界大戰期間唯一一對親自上戰場指揮戰事的元首夫婦，這樣的生死相隨若說兩人之間沒有感情誰會信呢？

當然不是本人不能幫忙下定論，但相信對從宋美齡變成蔣宋美齡的蔣宋美齡來說，蔣介石在她心中一定佔有很特別的地位，讓她願意一直陪著他直到他逝去。

今生僅她是唯一——錢鍾書

文：艾芙蔓

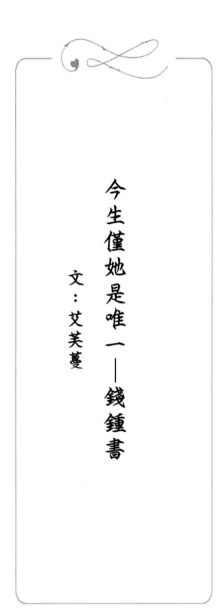

說實話，如果錢鍾書娶的人不是楊絳，那麼或許錢鍾書留給世人的印象就不是博學而有趣的學者，而這正是他最特別之處。

身為錢鍾書的太太，楊絳曾經在高齡九十後出版的《雜憶與雜寫》中提到，說她做過很多工作，但每項工作都是暫時的，唯有一件事終生不改，那就是「她一生都是錢鍾書生命中的楊絳」。

這麼多麼感人的一句話，一個女人能說出這種話就代表，她丈夫給予的愛很深切讓她感受了，自己就是他生命中最重要最珍貴的唯一，而錢鍾書的確是這麼認為沒錯。

錢鍾書與楊絳相遇於清華大學，很有趣的是這兩個學霸是一見鍾情，而且交談了幾句就大抵確認了戀愛關係，這放到現代也算是很奇異。

而這對初成年不久的情侶，顯然沒有要給別人活路的打算，初認識就交往，三年後年齡都還很輕的他們已談妥婚姻大事，然後就開始屬於他們的快樂生活。

他們會相伴四處遊走，會一起讀書研究，也會像尋常情侶般拉拉手約約會，總之有一種不酸死他人不罷休的味道，恩愛非常令人稱羨。

或許有人會說，結了婚就不一樣了，再恩愛也會因為生活的壓力或其他因素而改變，愛情哪可能這樣一直持續下去？

不好意思，這對夫妻從來就沒有打算要照慣有的套路走，他們婚後依然相愛，而且錢鍾書最鍾愛楊絳之處就在於，她從來不會去阻止他釋放體內那股淘氣、天真，甚至是他自己都沒察覺的傻氣。

在楊絳面前，錢鍾書可以很放心做自己，這是他在他處得不到的自在與舒暢，要知道他這種個性當初可是讓他父親很憂心，所以對他嚴加管教就是希望去除他身上有時會散發出來的不穩重感。

但是錢鍾書此人珍貴就貴在此處，而顯然只有楊絳看出來了，而且她很用心保護這一個區塊，才造就了一個博學而有趣的學者。

這對神仙眷侶之間的美好，就像一本好書值得讀了又讀，每一回都能從不同的段落看見不同的甜蜜，也像一杯好茶值得品了再品，每一次都能在回甘的韻味中感受到那留在舌上的甘甜。

沁人心脾且留有餘韻，讓人不禁幻想起婚姻的美好，也期盼著自己與未來的另一半能成為另一對錢鍾書與楊絳。

他們是夫妻是情人也是朋友，這些關係都是一輩子的，不只罕見且難得，但他們還真做到了一輩子相濡以沫，就算一人先走了，但另一人也能在過往的軌跡中隨意抽出一段來陪伴自己。

因為好的回憶太多，取之不竭用之不盡，很可能庫存還沒用完，兩人其實就已經在天上團聚。

他們一直是彼此的唯一。

妥協收穫愛情——聞一多

文：艾芙蔓

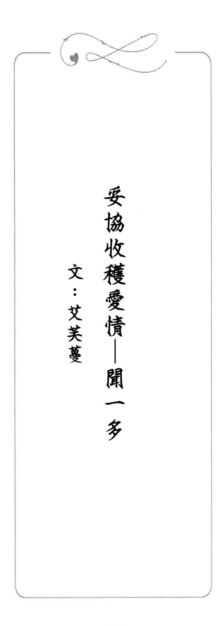

聞一多的婚姻沒有變成一場悲劇，可說是奇蹟，因為這個妻子不是他自己選擇的，而是他的父母與女方父母早就為兩個孩子訂下的娃娃親。

這種事對於長大後的聞一多來說，可真是受不了，那時候的他接受了新文化新知識，認為封建時代這種包辦婚姻早已不可行，所以對此事相當抗拒，但最後還是在父母的催促下不得不回鄉結婚。

然而，他心情很不好，什麼都不願意配合，唯一配合的大概就是沒逃走，讓高孝貞正式成為了他的妻子。

不過結婚時沒逃後來還是逃了，學校一開學他就馬上回校，但一些日子下來他左思右想覺得自己好像做的太絕，所以在思考之下他寫信回家，希望家人能夠送高孝貞去上學。

這在當時是一件非常特別的事，也體現出聞一多那正在往妥協方向行進的腳步，這是件好事，而他這麼想的原因就是，既然大家都是封建社會制度下的受害者，那麼錯就不在高孝貞身上，他不該把氣出在她身上，反而應該對她好，也算是為了自己著想，讓她成為可以跟自己並行的人物。

所以就算出國留學了，他也時常寫信關心妻子的學習情況和鼓勵妻子要努力學習，而他這樣的行為也讓高孝貞了解到，原來自己也是受害者，是封建制度下被壓榨的對象。

至此，高孝貞完全了解了丈夫要自己上學的原因，也明白了很多事。她這瞬間的茅塞頓開讓這段婚姻照進了陽光，在那個基本上只能書信往來的年代，一封一封的書信就代表情感的傳遞，而在信件來去之間，聞一多也漸漸發現自己對妻子開始有了感情。

誰會知道見面沒愛上，通信卻愛上了呢？

真要解釋的話就是雙方努力的結果，總之在 1925 年聞一多回國後就把妻子接到身邊，兩人恩恩愛愛過了一段美好時光，但分離還是悄悄來報到了。

因為時局混亂，聞一多離開妻兒身邊輾轉多處，夫妻倆在很長一段時間都是在分離又相聚，相聚又分離中度過。

最後在1938年，這一家人才得以完全真正團聚，不過接下來等著他們的卻是苦日子。

時局混亂期間，物價不斷飆漲讓人難以負荷，聞一多的薪水根本無法供應一家大小的基本開銷，家裡的情況堪可用飢寒交迫家徒四壁來形容。

然而這樣的艱苦沒有打倒這對夫妻，在他們眼裡只有一起勇敢攜手走下去才是唯一王道，而事實證明他們真的沒有被打倒，後來還雙雙成為愛國主義者。

不過這樣的身分也為聞一多帶來了危險，最後不幸命喪黃泉，留下妻兒一眾為之泫然淚下。

聞一多走了，但他也藉由自己的故事告訴世人，有些事只要願意改變，也是可以得到美好的果實，就像他與他的妻子。

妥協了，愛就來了。

愛情是課題——郁達夫

文：艾芙蔓

有人說郁達夫是文人，是作家，更是多情之人。

也有人說郁達夫個性陰鬱且複雜多變，根本是一個徹頭徹尾的悲觀主義者。

那麼，這位活在筆尖上的人物到底是什麼個性呢？

或許可以從他精彩的愛情故事裡尋到一些端倪。

郁達夫這一生有過五個女人，首先是元配「孫荃」，這個由父母看中的女子一開始郁達夫是很不喜歡的，因為受新式教育影響他認為婚姻應該自己作主，不該再有那些父母之命或是媒妁之言了。

不過在了解之後他發現，孫荃竟是個頗有才華的女子，所以後來他也就不再抗拒這樁婚姻，跟孫荃結了婚。

婚後夫妻也算相處和睦融洽，孫荃更是為郁達夫生了四個孩子，但這一切的圓滿還是被一個女人的出現打碎了。

王映霞是位出色的美人，更是當時有名的才女，這樣的她讓郁達夫深深陷入了迷戀，也讓他忘了自己有妻子，而且還是四個孩子的父親。

對於郁達夫的追求，王映霞一開始是抗拒的，畢竟郁達夫有家室且他們兩人又相差了十幾歲，但在郁達夫猛烈的追求下，情竇初開的王映霞還是淪陷了，在郁達夫與孫荃離婚後就跟郁達夫成為了夫妻。

前幾年，基本上一切都好，不過幾年後他們的生活就開始變調了。

有人說愛情總是敵不過婚姻生活的考驗，雖說不是絕對，不過放在郁達夫與王映霞身上倒是很適用。

報刊本是一種傳遞知識或訊息的刊物，卻被這兩人拿來當成吵架的聖地，你來我往之間哪還存在愛情這玩意兒？

沒有，早就消失殆盡了，後來兩人離了婚，這段曾經被兩人視為美好代名詞的愛情也就此落幕。

不過這段落幕了，但郁達夫的愛情故事還沒有落幕。

在王映霞之後他雖消沉了一段時間，但還是讓他遇上了一名名為「李筱英」的女子。

李筱英是新加坡電視台的主播音員，失婚過一次，遇到郁達夫時她二十六歲，對文學很有興趣的她十分欣賞郁達夫在文學上的造詣，所以主動向郁達夫示愛。

這兩人也算是一拍即合，不久後就同居了，不過本該有好結局的兩人卻因為郁達夫與王映霞的大兒子不同意兩人的結合，所以後來李筱英忍痛離開了郁達夫，這段戀情也就無疾而終。

郁達夫的最後一段戀情並不是用他的本名，當年為了暗中保護抗日華僑及印尼群眾，所以他化名為趙廉，表面上在印尼經營一家酒廠，實際上是給抗日華僑與印尼群眾提供庇護所，而他最後一任妻子「何麗有」是在他被日本憲兵槍殺後才知道原來他是名人，是一名愛國文人。

綜觀郁達夫一生的愛情，的確很符合多情、多變的形象，也讓我們知道愛情真真是人生一門課題。

對很多人而言是，對郁達夫顯然也是。

愛情終有一天圓滿——宋子文

文：艾芙蔓

宋家是民初最知名的家族之一，身為宋家長公子又是宋氏三姊妹的兄弟，「宋子文」這個名字有些人應該不陌生。

雖然宋子文沒有家裡三姊妹那般出名，但他也是民初相當出名的貴公子，而且他生得一副好相貌，翩翩公子溫文儒雅，所以愛慕者自然少不了。

在宋子文的一生中，僅談愛情這方面的話，大抵有三位女性是擁有重要地位的，而第一位就是盛愛頤。

與盛愛頤相遇時，宋子文還只是盛家底下一名小員工，一次機會讓他遇見了盛家大小姐盛愛頤，這一見不得了，眼神交會間可說是電光火石齊發，對彼此的印象好的不得了，談戀愛也就是很自然的事了。

然而盛家當時在上海是排行在前的名門，而這時候的宋子文雖然有高學歷且是留學歸來的人才，但依然是門不當戶不對的情況，所以在盛家父母的阻饒及盛愛頤捨不下家裡的情況下，這段戀情就無疾而終了。

但沒關係，情場失意總會有其他地方得意，宋子文在與盛愛頤分開之後仕途順遂，當上了財政部長，然後就結識了同學的妹妹唐瑛。

唐瑛清純可愛，人漂亮不說還精通英語，且懂得很多西方文化，而且重點是興趣與宋子文相當類似，所以很自然他們有很多共同話題可以聊，這也讓宋子文覺得自己非追到唐瑛不可。

雖說兩人年齡有十幾歲的差異，但這完全不構成影響，只是問題又來了，唐瑛的父親不喜歡政客，所以對宋子文很不待見，不過相同的事件已經發生過，宋子文自然是想找法子解決這個問題的，誰知道一次暗殺事件讓他徹底心灰意冷，自知無顏面對唐家人，所以自己主動跟唐瑛分手，戀情再一次無疾而終。

之後，對愛情有些消沉的宋子文繼續發展著事業，但他沒料到自己已經遭遇兩次挫折的愛情，這次終於有了開花結果的希望。

因為母親年邁，宋子文就想著要去給母親尋一處養老的幽靜之地，而在尋找的過程中他認識了張謀之。

張謀之是搞建築的，對房屋方面的問題很了解，宋子文認識張謀之以後就時常與之討論房屋之事，有一回去到張謀之家作客，結果就認識了張謀之的女兒張樂怡。

這個張樂怡是個出名的美女，膚白貌美容貌動人，且有著名門閨秀的氣質，這讓宋子文一見傾心，之後不久就向張謀之說明自己想娶張樂怡的心意。

幸好這次不再有阻饒，張謀之得知宋子文喜歡自己女兒後簡直歡喜的不得了，要知道以宋子文當時的身分地位，絕對不會有配不配的上這種問題存在，而且女兒嫁給宋子文對他的生意也有一定的幫助，哪可能會不同意呢？

所以，終於在歷經兩次失敗後，宋子文終是將心儀女子娶進門，而這個妻子對他而言，除了是位賢淑的妻子之外，也為他的人生提供了很多幫助。

說來這對夫妻也算是當時少見的模範夫妻，夫妻恩愛家庭和諧，成了很多人心裡想要的家庭模樣。

單戀是一種樂趣？——徐芳

文：艾芙蔓

身為北大才女，徐芳最出名的事蹟除了才學之外便是她單戀胡適長達五年這件事。

徐芳的出身名門，容貌也不差，追求者自然不會少，不過也因為出身名門自身條件又好，所以徐芳對追求者總是連多看一眼都不願意，因為她認為身邊這些圍繞著她轉的男人都太幼稚無狀了，完全不是她想要的模樣。

她甚至還因為想驅趕追求者寫了《告訴你》這樣的文章，模仿的是當時流行的哲理詩，但因為火候不夠，雖然語意明白卻韻味不足，被人直指劣處，而這個人就是「胡適」。

胡適是北大第一名洋教授，他氣質溫文儒雅且所有學生他都以同等標準要求，這一點讓徐芳很喜歡，因為她認為這表示在胡適心中，男與女是真的平等，而在那時候有這樣的觀念是很罕見的。

而且在女性眼中，胡適是相當體貼的存在，這讓徐芳不知不覺陷了進去，尤其在胡適當上她直系老師後，她就覺得自己完全被情網給網住了。

當然徐芳知道胡適已經有老婆了，但說實話她不介意也沒特別想管這件事，對她而言只要她在胡適心中是特別的，那麼她什麼都可以不在乎，就算只能靜靜地陪在他身邊也無妨。

說來其實胡適方也有問題，若不是有意無意給徐芳希望又不直接表明態度就這樣吊著徐芳，徐芳可能也不會把這個單戀的時間延長至五年。

但就是胡適的欲擒故縱讓徐芳認為自己一直是有機會的，所以她從未放棄這個單戀，且很不幸的是，她一直以為這個單戀不是單戀而是一場女方直接男方含蓄的雙向戀。

她甚至釋出自己寫給胡適的情詩刊登在報刊上，並且表示自己會無怨無悔追隨胡適的腳步。

但這還不是全部，為了胡適她還努力研究新詩，且在胡適的協助及指導下，她成為了那時詩文圈的名人，人人都知道她徐芳，也知道她是胡適的愛徒。

不過到最後，她還是沒得到她想要的結果，當男人連欲擒故縱及回應的氣力都不想再付出後，這段單戀注定就是要在女方的淚水中收場。

面對胡適後來的不予理會，徐芳一開始還不明所以，但後來她就明白了，在胡適的生命中，自己從來就只是一個過客，而且還是很微不足道的那種。

這件事讓徐芳很痛，痛到她連文壇都不想繼續待了，在擁有盛名之際她退出了文壇，與一名武將結婚了。

她嫁給了徐培根將軍，從此消聲匿跡，在丈夫的疼愛下，成為一名快樂的家庭主婦，也對當年自己的單戀下了這樣的註解。

我有一個偏見，單戀的趣味多。

對她而言，寫下這串話的當下就代表，那段堪稱刻骨銘心的過往在她心裡已經被當成可一笑置之的回憶。

其實這樣很好，不自困是好事，她自困了五年，但走出來之後，她快樂了很久。

三次婚姻，三次圓滿——蔡元培

文：艾芙蔓

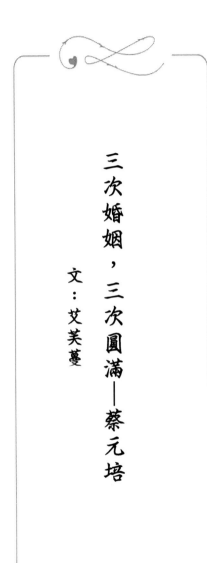

對於現代男性來說，擇偶這件事應當各有各的標準，不過在思想還很封建的年代，蔡元培當初發布的擇偶標準可就真算的上驚世駭俗了。

第一，不纏足的女性、第二，識字的女性、第三，男子不得娶妾及姨太太、第四，如果丈夫先死妻子可以改嫁、第五，意見不合可以離婚。

要知道蔡元培所處的年代可不是現代，在他那個年代女性纏足是正常，不識字也是正常，男子娶妾是正常，丈夫先死妻子要守寡也是正常，更別提什麼意見不合這種事，因為女子從小就被教育要以夫為天，哪來什麼意見不合，這種事根本就是天方夜譚。

不過，也是因為時代的關係，當時的社會正處於漸漸開放的型態，所以蔡元培開出的條件雖然令人乍舌，但還是有女子符合條件，這名女子就是「黃仲玉」，是蔡元培第二任妻子。

黃仲玉知書達禮又相貌出眾，個性大方思想開放，與蔡元培那位被傳統觀念束縛的第一任妻子「王昭」很不一樣，雖說後來蔡元培跟王昭在磨合之下也算是琴瑟和鳴，但偏偏王昭在一場急病之後就駕鶴西歸，讓蔡元培傷心欲絕。

王昭去世的時候蔡元培風華正茂，先別提他自己想不想續絃這個問題，別人也不會讓他枕邊人這個位置閒著，所以很多人前來說媒，有點不堪其擾的他才會發布自己在當時算是前無古人的擇偶標準。

雖說是有點威嚇意味，但也是他的真心話，所以如黃仲玉這般的女子出現在他生命後，兩人一拍即合很快就結婚了，且說好不需繁文縟節，一切從簡。

婚後的兩人相當恩愛，可蔡元培著實沒有料到，黃仲玉依然是那位無法陪他白頭到老的那位女性。

1920 年 9 月，蔡元培準備出發前往歐美考察教育，而此時的黃仲玉已經病重，但她為了不讓丈夫擔心，強撐著身體住進醫院，但這次的分別卻成為了他們夫妻倆之間的永別。

同年 11 月，蔡元培從上海登船遠赴法國，而在隔年 1 月，黃仲玉就在醫院去世了，得年僅四十五歲，而在當時資訊不像現時如此發達的時刻，蔡元培是在九號才知道妻子的死訊，而他當時人在日內瓦，這最後一面終究是沒見著，而這時的他也已經 52 歲了。

因為有任務在身，等到蔡元培回國已經是距離妻子逝世十個月之後的事了，當時身為北大校長的他工作相當繁忙，悲痛揮之不去之餘也只能投身工作，忙得昏天暗地日月無光，直到 55 歲那年他才想著，自己或許應該再找個伴。

而這回他也沒有讓人失望，依然開出了擇偶條件，只是這次比較正常，他希望是個有文化素養且年齡略大又精通英文可以擔任研究助手的女性。

結果，周峻出現了，這位 33 歲未婚，曾經是蔡元培學生之一的女性，就這樣出現在蔡元培的人生中，並成為他第三任妻子。

年齡差距沒有造成這對男女有任何隔閡，婚後更是亦然，兩人鶼鰈情深羨煞旁人，這樣的情況一直持續到蔡元培離世也沒有改變。

雖然有些人認為蔡元培雖然不被歸類為花心之人，但總歸是娶了三任太太，也算不得什麼癡情男子。

但蔡元培本就沒有當癡情男子的打算，對於每一段婚姻他都是真誠以待，對他而言，現時的枕邊人就是自己的一切，就算娶了三任妻子，但無可否認三段婚姻他都對得起良心，對得起自己與太太。

愛不愛其實不重要——周作人

文：艾芙蔓

出身書香門第，周作人的幼時卻不是過得很好，因為他的祖父總是看他不順眼喜歡訓斥他，而他母親偏愛大兒子周樹人（魯迅），所以基本上幼時的他沒得到過什麼來自家人的愛。

所以很多人都說，周作人跟妻子羽太信子可以白頭到老的最大原因便是，他其實對感情這件事沒有太大的慾望，唯一需要的是來自家人的溫暖，這是他最渴望得到的情感類型。

而顯然羽太信子應是給了周作人這樣的感覺，讓他決定娶她為妻，並對她忠實了一輩子，沒有別的女人沒有其他風花雪月，他的人生就只有她，她就是唯一。

其實一般看到這樣的情況，大抵都會讓人感覺這對夫妻一定很相愛，又或者周作人一定很愛妻子，才能如此忠實不受任何誘惑，一生只有她一個女人。

但事實上是，身為文人，周作人卻連一次也沒提到自己對妻子的情感是如何，他不像徐志摩出版了《愛眉小札》，也不像其他文人會把自己寫的情詩公諸於世，對於他和羽太信子之間，他沒有任何創作是關於他們兩個之間的愛情。

作品沒有，日記裡也沒有，什麼都沒有，但羽太信子就是陪了他一輩子。

然而更奇異的是，他不談妻子，確曾在散文中提過他暗戀過的三個女子。

好吧，這下大夥兒更迷糊了，但也讓有些人下了「周作人不愛他妻子只是渴望得到溫暖」這樣的註解。

那到底是這樣還是不是？

從前頭可以得知，周作人連一首為妻子創作的新詩都沒有，日記裡也僅記錄了自己何時與妻子結婚，言簡意賅到令人滿頭問號。

然而對後人來說，更加好奇的是這對夫妻陪伴彼此最少五十年，都已經達到金婚的程度了，這說沒感情說得過去嗎？

不過本人沒留下隻字片語，這件事終究是無法查證了，或許周作人與妻子都不是那種浪漫至上熱情奔放派的，即便真有感情也是涓涓細流且位處深山，並不太想讓人知道。

也或許如很多人猜測般，周作人就是不愛妻子，他愛的是家庭的溫暖，是羽太信子身上給予他的穩定力量，讓他覺得自己受到關愛與關注，而這是他兒時得不到的，所以他很珍惜，從未想過要另尋另一處芬芳。

就算當時有人質疑他為何娶羽太信子，也有說他妻子與他門不當戶不對，但他沒管，就這樣跟妻子安安穩穩一起走過多年歲月，一同白髮一起老去。

可能對周作人來說，愛不愛並不重要，重要的是身邊有人陪伴，而且這個人可以給予自己安心感，這樣或許就夠了。

是說撇開到底愛不愛這個問題，世俗很多夫妻愛得死去活來結果也無法攜手白頭，反觀周作人與羽太信子，和和睦睦相敬如賓過了一輩子，不禁讓人覺得似乎如此也沒什麼不好。

反正很多事他人做不了主，當事者自己覺得好就好。

一生的愛戀——冰心

文：艾芙蔓

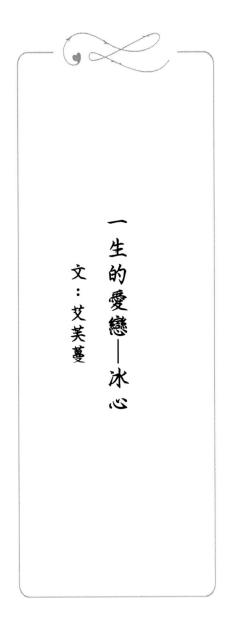

轟轟烈烈這樣的字眼並不適用於「冰心」與丈夫「吳文藻」之間的愛情，因為他們的結合並沒有受到阻礙，若要說受苦，那也是因為政治讓他們經歷了磨難，但對彼此他們的心一直都是很堅定不移的。

冰心會認識吳文藻，其實是她朋友太過迷糊所致，把吳文藻當成了另一人帶到正在郵輪上預備去留學的冰心面前，兩人自此開啟這份令人稱羨的情緣。

在郵輪上的日子說長不長說短不短，足夠讓一對璧人相談甚歡，但也僅此而已了，在彼此心中都留下足夠印象後，這兩人因為學校不同所以分開了，但倒是沒忘記將自己得通訊地址留給對方。

之後不久，在威爾斯利女子大學進修的冰心收到了不少來信，很多都是郵輪上認識的朋友，而這麼多信件中唯有一人的來信特別引起了冰心的注意，因為比起長篇大論或是表達仰慕的信件，一張簡單的明信片就顯出了身在遠方達特默思學院的吳文藻有多與眾不同。

但若要說冰心就是對他比較特別也沒有任何毛病，總之收到吳文藻寄來的明信片之後，冰心認真的寫了一封信回寄給他，而冰心這個舉動讓吳文藻有些訝異。

思考之後吳文藻買了幾本書送給冰心，而兩人就這樣開始來往，愛情也在此時偷偷入侵他們之間。

吳文藻會在自己的買書基金裡規劃一部分用來買書給冰心，而且書買來之後還會把他覺得重要的句子用紅筆劃起來，不過據後來得知，這些所謂的重要句子其實都是描述愛情的句子，這麼可愛單純又隱晦的示愛方法，在如今顯得珍貴又可愛。

會說轟轟烈烈不適合形容這段愛情的原因是因為，這對愛侶的結合是兩家人都很樂見的事，所以在 1929 年時，在燕京大學校長的見證下，冰心與吳文藻結婚了，這一年冰心 29 歲，而吳文藻 28 歲。

婚後的他們情感不減反增，不過日子卻不算好過，說來倒也不是錢的問題，而是他們遇上文革，吳文藻被批鬥連累了妻子冰心，但就算受盡苦楚兩人也沒有分開，依然互相扶持度過那一段難熬的歲月。

認真說來，冰心與吳文藻的愛情故事並沒有太特別之處，若硬要說的話可能就是他們之間那種看似淡如水實則存在著他人不知的濃烈這一面吧。

畢竟當初兩人在決定要交往前也是各自扭捏了很久，個性都害羞靦腆的兩人對於感情這種事還真是不知該如何處理，也因為都害羞所以他們兩人都不是那種會把情感太過外放的人物。

含蓄的示愛，在平淡生活中品味著彼此最真的情感，就這樣一年又一年的相愛，直到其中一人的生命先告終，另一人則帶著難捱的思念活下去，最終有一天兩人會在黃泉路上相逢，然後手牽手一起再續下世情緣。

愛情能有多美好？看看冰心與吳文藻就知道。

外遇是毒藥，至死方休——老舍

文：艾芙蔓

在錯誤的時間遇到對的人，這樣的情況或許對有些人來說沒什麼大不了，一句輕輕鬆鬆的「把錯的人捨棄」這樣的話就認為可以解決了。

不過對「老舍」來說，他付出的代價很大，大到讓他直接選擇結束了自己的人生。

遇上「趙清閣」這個女子，是老舍生命中的一場意外，但也就是這場意外讓他發現，原來世界上有跟自己如此契合的女子，所以在動了心之後，事情便一發不可收拾。

同居的時光是甜蜜的，也是這兩人文思強烈迸發的時期，在心靈契合的情況下，兩人共同創作了不少好作品，而這樣的情況無疑是在宣告天下，他們就是一對才子佳人。

不過老舍是有家室的，而且還有子女，他再怎麼喜歡趙清閣，趙清閣也只是個第三者，然而在熱戀中的兩人幾乎都忘了這一點，直到老舍的妻子「胡絜青」帶著孩子來找老舍後，這兩人才驚覺事情不妙。

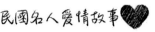

強烈的罪惡感來襲讓老舍與趙清德都不知所措，前者想著該怎麼處理這件事，而後者雖然身為第三者但也想著自己與老舍這般相愛定能得到一個名份，誰知老舍卻猶豫不決。

他既無法向妻子提出離婚，也無法捨棄趙清閣，痛苦的與自己打仗的老舍完全不知該如何是好，最後他只能告訴趙清閣，他不願意與她分開，但他也無法捨棄家庭。

這樣的情況讓趙清閣心碎，她並非那種唯唯諾諾的小女子，既然老舍不能給她名份，那她離開也罷。

所以趙清閣離開了老舍，但這段孽緣並沒有在這一刻徹底斷絕。

老舍雖然最後選擇了不離棄妻子，但其實他的心早就離棄了糟糠之妻，一顆心還是懸在趙清閣身上，即便趙清閣不在他身邊，他還是想著她念著她，思念之情沒有一日停歇。

最後，他實在受不了這樣的折磨，選擇遠走美國，只是就算隔著汪洋，他心裡想著還是趙清閣，所以到最後他下了個決定，他要跟趙清閣一起生活。

所以他寫信給趙清閣，告訴她自己想在馬尼拉跟她一起生活，請求她同意，但是趙清閣沒有同意，因為她想要的名份，老舍始終沒有給她的意願。

她心死了，但仍是忍著心痛勸老舍回國，回歸自己的家庭，也勸他繼續自己的文學事業。

「各據一城，永不相見」。

信中最後簡單八個字，是趙清閣的決絕，也讓老舍崩潰。

之後，老舍是回歸了家庭，事業上也算有了起色，但他忘不了趙清閣，可他也明白兩人此生不會再相見，這是他心底永遠的遺憾。

然而，有些事本就是一步踏錯後果自負，老舍雖然回歸了家庭，但其實出軌的行為並沒有真正得到家人的諒解，又或者說他一直將心思放在別的地方，導致與家人關係淡薄，總之對老舍而言，他跟家人之間就像隔了一道牆，更別提有什麼情感交流了。

家人的疏遠以及失去愛人的痛苦讓老舍終究選擇了不歸路，選擇了結自己，讓自己從痛苦中解脫。

但他真的解脫了嗎？

沒有人知道，只是明白在老舍的人生中，與趙清閣這場相遇就像喝了一瓶慢性毒藥，沒有馬上致死但五臟六腑卻慢慢被侵蝕，至死方休。

愛是人生最美的詩句——俞平伯

文：艾芙蔓

提到中國白話詩創作的先驅者，肯定得提到「俞平伯」。

這位新文學運動初期的詩人，不僅在文學領域有卓越的貢獻，在愛情方面他也是一位很令人崇敬的人物。

俞平伯這一生就只有一個女人，這個人就是他的表姊許寶馴。

說話當年俞平伯考上北京大學後，因為才學出眾外表溫文儒雅所以上俞家說媒者可說是川流不息，但是他的父母並沒有因此為他安排任何一場相親，也沒有為他訂下任何親事，因為兩老心中早已有了人選。

許寶馴大俞平伯四歲，是一個自幼生長在北京的南方姑娘，出身書香門第的她，雖生活在北方但身上卻有著江南女子的溫柔婉約，且女紅、彈琴、吟詩、作畫等等才藝無一不通，這樣的女子的確讓人傾心。

所以當這位俞平伯其實不太熟的表親出現在面前時，俞平伯立刻就被許寶馴那柔美的面容與溫婉的氣質給吸引了，而許寶馴也對眼前風度翩翩的才子相當有好感。

可想而知這門親事異常順利，在兩方家長的安排下結了婚。

且奇異的是，這兩人彷彿就是天作之合，在婚後感情好得讓人稱羨，俞平伯甚至還養成了每天寫日記的習慣，為的不是別的，只是為了記錄自己與妻子的日常，可見在俞平伯心中，妻子與自己相處的點點滴滴都是他認為值得記下的美好回憶。

不僅如此，俞平伯的著作中，有一部詩集《憶》，其中三十六首詩歌全是他寫給許寶馴的作品，可見他用情之深，堪稱日月可證。

有人甚至開玩笑說，俞平伯人生中，每天最快樂的事大抵就是紀錄與許寶馴的一切或是挖掘任何有關許寶馴的事物。

但這又何妨？

他就是愛呀！

他就是想要與她廝守終生直到白頭，誰管的著呢？

的確，人生是該由自己做主，所以北大畢業後，俞平伯拒絕了許多就業機會，選擇了杭州第一師範學校任教。

而他與妻子就居住在西湖湖畔，每天看著西湖美景，兩人濃情蜜意羨煞旁人，不過分離時刻終究還是來了。

在當年去外國留學似乎是一種趨勢，很多文人都會到外國留學拓展視野，且喝過洋墨水回國後身分大抵都會水漲船高，一舉數得讓人趨之若鶩。

俞平伯不免俗也成了留學的一員，但很可愛的是他還沒到英國就開始覺得孤單寂寞，思念轉瞬間將他整個人包圍，他瞬間覺得自己就像海上的一葉孤舟，茫茫然失去了方向。

不過離鄉背井本就會讓人的情緒低落，其他同行者以為俞平伯這樣的情緒到英國待一陣子之後就會調適過來，但他沒有，半個月後他跳上回國的船隻，就這樣放棄了留學。

之後的俞平伯就養成了一個習慣，那就是幾乎不會離開家太久，最高紀錄聽說也就一季，因為有許寶馴在的地方他才能感到寧靜與安心，即便後來發生了許多事，但他的心意始終堅定不改，而許寶馴也一直以同樣的心情陪著他。

然而，生老病死人之常態，再相愛的兩人總敵不過死神的拆散，一場病帶走了許寶馴，也讓俞平伯的人生陷入了前所未有的黑暗。

後來，經過了很長時間，俞平伯才慢慢從傷痛中走了出來，癡情的他把妻子的骨灰放在臥室，就這樣陪伴了他好些日子，甚至在病重時他也不願意離開這間臥室，想著就算要走了，身邊也得有妻子陪伴才行。

最後，留下要與妻子合葬的遺言，俞平伯走了，也如願與妻子合葬，到另一個世界與許寶馴再續情緣。

最愛是自己——袁克文

文：艾芙蔓

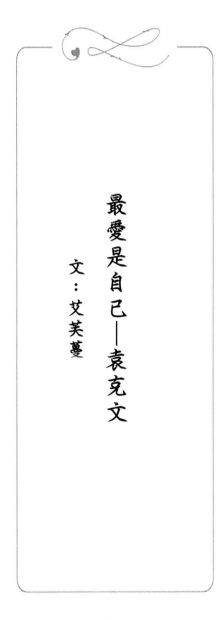

說到「袁克文」此人可能讓現代人感覺有點陌生，但如果抬出他父親「袁世凱」的名號，那大抵也就明白袁克文為什麼也算是號人物，不過比起父親，他顯然還勾不上「大人物」三個字的邊。

但這無妨，有錢花有妞泡可以遊戲人間就好，既然老爸有錢有勢那做兒子的何必客氣？

被過繼的大房的袁克文因為在家中地位不低，所以花錢從來不手軟，再加上外表出眾且頗有才學，所以他當然有本錢風流，而他顯然也深知此點。

所謂「人不風流枉少年」，袁克文把這一點執行的很徹底，除了元配之外，他還有數個姨太太，而當然這不是全部，這只是有名份的的部分，至於那些沒有名份或是一夜情的女性就更多了，總歸應該是族繁不及備載的地步。

而在他輝煌的情史中有一個事件讓人印象深刻，那就是他送女人給自己的父親。

這原本不是什麼大事，至少在那個時代不是，但問題是被送給袁世凱這名女子在見到丈夫前，完全沒有想到自己要嫁的人是袁世凱。

這名女子名叫「葉蓁」，是名青樓女子，因家道中落才淪落風月的她，身上有一種與他人不同的氣質，也因為如此她成了紅牌，吸引許多公子哥來一睹芳顏。

許多人為她一擲千金，但她卻沒什麼感覺，因為她覺得自己淪落至此，實在無奈至極，直到袁克文出現才讓她眼睛一亮。

袁克文的名氣與才學讓葉蓁完全淪陷，而袁克文也很喜歡葉蓁那出眾的氣質與亮麗的容貌，重點是兩人交談甚歡，興趣與愛好也很雷同，這對兩人來說都是很難得的事。

兩人相處了一段時間後，袁克文深知不能再繼續逗留南京，於是給了葉蓁承諾，說自己愛她所以一定會回來娶她，而葉蓁也信了，將自己一張照片交給袁克文之後，就這樣傻傻在南京等待。

終於有一天，北京那方派人來接葉蓁了，只是等葉蓁到了北京見到所謂的「丈夫」那一刻她才發現，為什麼原本應該是自己公公的男人，卻成為了自己的丈夫，而原本應該成為她丈夫的男人，卻變成了她的晚輩。

這樣的混亂讓葉蓁一時之間無法接受，但她卻也知道不接受不行，袁世凱是何等人物，她得罪不起也不能得罪，更不能把實話說出來，所以只好無奈接受這件事情，成為了袁世凱的姨太太。

然而葉蓁是很久之後才知道，原來當初情況會那樣發展，是因為袁克文在回京去見袁世凱時，身上的照片不小心掉落出來被袁世凱看見，因為葉蓁相當貌美讓袁世凱忍不住追問袁克文女子來歷，袁克文懼怕自己又因風流之事被責罵，便說葉蓁是為袁世凱挑選的姨太太人選，葉蓁的丈夫這才換了人。

由此可見，袁克文口中的愛只是一種敷衍，僅僅只是為了怕挨罵就把心愛的女人送給了父親，這樣的愛還真可笑。

如果真要說愛的話，這樣的人只能說僅愛自己，如此而已。

談愛隨心所欲——黃偑

文：艾芙蔓

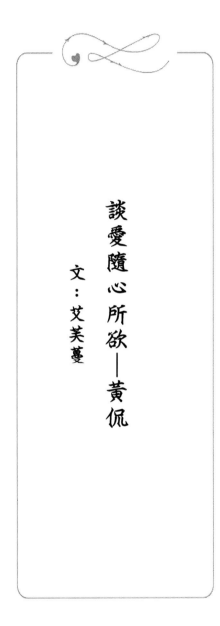

九次婚姻是「黃侃」人生中一個獨特卻也令人不恥的紀錄，但他本人根本就不在乎別人怎麼說他，因為在愛情方面黃侃就是個渣男，而且是等級相當高階的類型。

黃侃的第一任妻子來自父母之命，好色風流的他對此並沒有任何反抗，因為對他而言有元配並不算什麼大事，說穿了就是娶來傳宗接代的，那麼他就讓這個女人完成她的使命便是。

所以在這樣的想法之下，黃侃的元配王氏果真成了生育機器，為黃家誕下不少位後代，但自己也因為身體不堪負荷操勞過度，三十幾歲就離開了人世。

但這對黃侃有什麼影響嗎？

當然沒有。

王氏在的時候他就已經四處拈花惹草，王氏走了也不會有什麼改變，反正孩子也不用他照顧，他繼續當他的風流才子便是。

要知道黃侃這人狂就狂在不管他人怎麼說，即便是自己的恩師及師母訓誡他風流的個性，他也從不在意，依然我行我素，行為卑劣，甚至用假名與女子成婚。

最出名的假名成婚受害者，除「黃紹蘭」之外不做他想，為愛昏頭的她在黃侃的花言巧語之下答應與他結婚，但黃侃用的卻不是真名，所以這樁婚姻最後不成立也是無可厚非，即便她懷著身孕，黃侃還是因為其他女人把她拋棄了。

當然倒楣鬼不只一位，下一位也是差不多的命運，俗話說「事不過三」在黃侃這裡完全是不成立的，拋棄了兩位有孕在身的女人又如何，這點事在他眼中完全不重要。

膩了就換及看上就要得到是黃侃的風格，可以說到他最後一任妻子「黃菊英」之前，他玩過的女子不計其數，檯面上九次婚姻還只是檯面上可以計算的而已。

至於黃侃為什麼婚姻次數會是九次而沒湊個整數十，這一點無人知曉，只知道黃菊英是黃侃的學生，也是黃侃大女兒的朋友，更是校花一枚。

與之前同樣，黃菊英也是拜在黃侃泡妞的手段上，不過奇異的是在娶了黃菊英之後黃侃竟不再風流了，而黃菊英也在眾人驚異的目光下成了黃侃此生最後一個女人。

對比黃紹蘭與黃菊英，同樣是黃氏女子但命運卻差異如此之大，著實令人不勝唏噓，但為什麼黃菊英能讓黃侃收心呢？

答案眾說紛紜，有人說是因為黃菊英的美貌，有人說是因為黃菊英的個性，也有人說只是黃侃玩不動了而已。

總之不管答案是什麼，一生風流的黃侃在年約半百的時候步上了黃泉路，結束了他這孟浪放蕩的一生。

雖說黃侃此人在其他領域的卓越表現讓人不得不刮目相看，但將他人的真心真意視如垃圾般恣意踐踏著實不可取。

就不知道在黃泉路上他會不會遇到故人？

會不會心裡有一絲絲愧疚？

軟弱是悲劇的開始——劉師培

文：艾芙蔓

男性懂得尊重女性是件好事，丈夫懂得尊重妻子也是件好事，但是當妻子行為人品皆有問題但丈夫卻因為自身太過軟弱且妻子太過強悍而成為一個懼內的存在，這樣的行為鐵定不會得到任何人嘉許，反而還會被嘲笑。

劉師培就是這樣一個人，他與胡適同是懼內代表，但情況與胡適完全不同，他是真的很怕老婆，不是開玩笑的。

所謂女怕嫁錯郎，男怕娶錯妻，而劉師培就是後者，而因為他懦弱的個性導致情況不斷雪上加霜，最後搞得自身身敗名裂。

「何震」，民國著名的河東獅吼代表，十八歲嫁給劉師培，容貌清麗的她擅長寫詩作畫，與那時的女子相比，她算是很突出的存在。

劉家與何家本就是世交，算是青梅竹馬又本就有訂親的兩人會結婚也是很正常的事，唯一不正常的是，在婚前何震的性格雖然比較外放一點，但倒是還沒有「獅吼」的徵兆，但婚後顯然情況就有了很大的改變。

因為劉師培性格軟弱，而熟知此點何震很快就把丈夫整治的聽話又乖巧，但這還不打緊，重點是何震的女權至上主義在婚後開始發揮出來，她先是在報刊上發表了一篇讓眾人瞠目結舌的詩文，然後又跟丈夫提出想要繼續讀書。

聽聞妻子如此要求，劉師培完全沒有考慮就把妻子送進愛國女社繼續進修，卻沒想到自此之後自己的日子就更難過了。

接收到西方開化思想的何震開始把自己的極端女權思想在家中放至最大，規定劉家大小事皆由女方做主，而且只要稍有不滿就會對劉師培大吼大叫甚至動手毆打，而性格懦弱的劉師培都只是忍耐沒有任何反擊。

更扯的是後來何震外遇，劉師培的好友章太炎好心提醒卻被劉師培以胡說八道訓斥，甚至還把章太炎的示警說給何震聽，結果何震聽完之後大怒，決定要報復章太炎，要將章太炎的名聲搞臭。

結果劉師培聽完妻子的話非但沒有勸戒還拍拍胸脯說自己要加入，於是這對讓人跌破眼鏡的奇葩夫妻便開始他們的計畫。

很衰的章太炎便因好心而惹上這無妄之災，白白惹來一身腥。

不過章太炎事件顯然不是這對夫妻離譜的終點，重名重利一心追求榮華富貴地位顯赫的何震自然不甘平凡，眼見自己的女權主義論調沒有被大眾接受，她不思是自己太極端的問題反而把腦筋動到了丈夫身上。

她首先跟丈夫加入了革命組織，但發現對自己的目標沒有太大幫助後她又開始悄悄為清廷傳遞消息，也就是跟丈夫在革命組織內當內奸，最後事跡敗漏就直接投靠了滿清，而發現滿清也快不行了之後又投靠了袁世凱。

而且為了高官厚祿，何震直接把丈夫推上第一線，要丈夫積極參與籌畫袁世凱稱帝的計畫，務求在成功之後自己可以得償所願。

然而結果我們都知道，袁世凱風光沒有多久，當然劉師培夫婦也成為過街老鼠，後來還是蔡元培給了劉師培一口飯吃，讓劉師培到北大教書，劉師培才算沒有餓死。

不過，即便如此劉師培還是在三十幾歲就因病去世，而在他死後，何震也不知去向，有傳言說她瘋了，但也很多人說，其實她原本就是個瘋子，後頭瘋不瘋根本沒差別。

說來稱這對夫妻為奇葩是相當貼切的，劉師培自身的軟弱與他妻子的強勢造就了他這位天賦異稟的文人最後臭名遠播，令人不勝嘘唏。

國家圖書館出版品預行編目資料

民國名人愛情故事 / Misa、艾芙蔓　合著一初版一
臺中市：天空數位圖書　2023.11
面：14.8*21 公分
ISBN：978-626-7161-80-7（平裝）
863.55　　112020450

書　　名：民國名人愛情故事
發 行 人：蔡輝振
出 版 者：天空數位圖書有限公司
作　　者：Misa、艾芙蔓
編　　審：品焞有限公司
製作公司：朝霞有限公司
美工設計：設計組
版面編輯：採編組
出版日期：2023 年 11 月（初版）
銀行名稱：合作金庫銀行南台中分行
銀行帳戶：天空數位圖書有限公司
銀行帳號：006—1070717811498
郵政帳戶：天空數位圖書有限公司
劃撥帳號：22670142
定　　價：新台幣 330 元整
電子書發明專利第　I　306564　號
※如有缺頁、破損等請寄回更換

服務項目：個人著作、學位論文、學報期刊等出版印刷及DVD製作
影片拍攝、網站建置與代管、系統資料庫設計、個人企業形象包裝與行銷
影音教學與技能檢定系統建置、多媒體設計、電子書製作及客製化等
TEL　：(04)22623893　　MOB：0900602919
FAX　：(04)22623863
E-mail：familysky@familysky.com.tw
Https　://www.familysky.com.tw/
地　址：台中市南區忠明南路 787 號 30 樓國王大樓
No.787-30, Zhongming S. Rd., South District, Taichung City 402, Taiwan (R.O.C.)